Vivibear
作品

寻找血族之旅

CNS PUBLISHING & MEDIA
湖南文艺出版社
HUNAN LITERATURE AND ART PUBLISHING HOUSE
博集天卷
CS-BOOKY

BRASOV
Probably the best City in the world

CONTENTS 目录

随游记附赠Vivibear最新长篇试读本

《所罗门封印》

CONTENTS
目录

卷一

SEARCHING FOR THE LOST MEMORIES

走进罗马尼亚

长久以来，罗马尼亚似乎一直算不上是个旅游热门地，就连欧洲人也较少将其列入旅游计划中。而我们亚洲人对这个国家更是所知甚少，感觉好像是遥不可及又异常陌生的国度。随着吸血鬼热在全球逐渐升温，罗马尼亚不失良机地打出了自己的独家招牌——传说中吸血鬼的故乡。凭借着这个任何国家都无法比拟的优势，罗马尼亚以独特的神秘感和黑暗之魅吸引了越来越多的血族爱好者。对于热爱吸血鬼传说的我来说，这自然是一生中一定要去一次的圣地。

只不过，当有一天真的到了那里时，我才发现，原来罗马尼亚不仅仅有吸血鬼。

BRASOV

Part01

关于
吸血鬼伯爵

FOR THE
MEMORIES

1897年，爱尔兰作家斯托克著的魔幻小说《德库拉》出版后轰动一时。故事中人物的原型德库拉伯爵从此成为吸血鬼的经典代表，之后更是频频出现于各类影视文学作品中，在欧美各国几乎家喻户晓。小说里伯爵居住的吸血鬼城堡，连同他统治的罗马尼亚特兰西瓦尼亚地区，笼罩上了一层神奇恐怖的色彩，成为全世界血族爱好者的朝圣之地。

特兰西瓦尼亚（Transylvania），这个有些拗口的地名，在拉丁文里的意思是森林覆盖的大地。一听到这个地名，人们总是会将它和那些可怕的古老传说联系起来。血族、狼人、吸血蝙蝠……似乎集中了所有令人胆战心惊的神秘元素。到了现代，特兰西瓦尼亚地区更被大家认为是吸血鬼的聚集地，其中的吸血鬼城堡甚至还曾被WWF（世界自然基金会）评选为世界上十大听起来让人觉得害怕的景点之一。

实际上，这片被喀尔巴阡山的森林及河流环绕的土地，拥有罗马尼亚最秀丽、最原始的自然风景。即使撇开众多光怪陆离的吸血鬼传说，那些历史悠久的小镇和城堡的古朴风光，同样让人流连忘返。

作为资深血族爱好者，我自然不能免俗，长久以来就对特兰西瓦尼亚无比神往，简直到了一听见这个地名就激动不已的地步。传说中那座充满神秘气息的吸血鬼城堡，更是令我心心念念，盼望着有一天能亲自去看个真切，以得偿所愿。今年夏天选择度假地点时，我拒绝了意大利西以西里岛的诱惑，终于圆了这个期待已久的梦。

记得在很久以前，我总是看着别人的游记和照片羡慕不已，从来没想过其实自己也一样可以。直到某天看到一句话——何必过着眼前的生活，却羡慕他人的行走呢？于是，我就这样壮起胆子开始了自己的第一次单身旅行，没想到从此以后就一发不可收。

006-007>

踏出周游世界的第一步需要勇气，只要踏出了第一步，离自己的梦想就更加接近。被背包客誉为旅行《圣经》的lonely planet的创始人曾经说过，当你决定要去一个地方时，那么旅行中最大的困难就已经解决了。

这一生或许会有很多人对你说impossible（不可能），可是你要知道，那绝大多数都是骗人的。

第一次知道德库拉的大名是因为电影《惊情四百年》。德库拉变成了经典爱情故事的主角，吸血鬼倒是让很多人的态度发生了改观。之后我翻阅了德库拉的原著小说，对这位伯爵大人的生平感到颇为好奇。到底是什么原因，让斯托克选择了德库拉作为吸血鬼的代表?

自17世纪以来，东欧国家就一直流传着许多关于吸血鬼的故事。除了德库拉伯爵，另一位知名度与他不相上下的吸血鬼代表巴托里夫人则来自匈牙利。斯托克选择罗马尼亚作为故事的背景地，想必也有其历史原因。即使到了现代，罗马尼亚的某些偏僻乡间，仍然流传着一些令人毛骨悚然的故事。在罗马尼亚相当古老的民间传说中，人死后或许会变成两种邪灵，一种叫做魔罗伊，一种叫做死催戈，都有活死人的意思。当时对付他们的手段就是将他们的心脏挖出来，然后用木桩刺穿他们的身体。将烧过的心脏磨成粉，让那些被邪灵侵害的人服下，患者很快就会痊愈。

这些邪灵可能就是吸血鬼最早的雏形吧。

这些年，我也算是游历了不少国家。无论每次的目的地是哪里，我都会坚持自己的一个原则——那就是在出发前更多了解更多关于这个国家的历史文化，阅读相关的书籍，加深对这个国家的认识。我觉得，除了搜集旅行攻略外，这也是一项不可或缺的准备工作。如果不了解一个国家的历史文化就贸然出行，到了目的地只是根据攻略在那些有名的景点前拍照留念，却对景点后面的故事一无所知，那就完全没有体会到旅行的乐趣哦。

所以在这次出行前，我再次仔细查阅了这位德库拉伯爵的资料。

在真实的历史上，这位伯爵大人非但不是什么吸血鬼，相反还是罗马尼亚人心目中的民族英雄。确切地说，他的身份应该是位大公。大公是低于国王而高于公爵的一种爵位，有国家封邑。其他公爵如果只有封地而没有建立独立公国，就不能被称为大公。所以，这个爵位可比伯爵厉害多了。

德库拉的父亲Vlad Dracul（弗拉德·塔古勒）曾经是十字军Order of Dragons（阶龙）的首领，Dracul在罗马尼亚语中的意思是龙或恶魔。Vlad以其父亲为荣，就自称Vlad Dracula，意为龙之子或恶魔之子。即使不和吸血鬼扯上关系，也是个相当有个性的历史人物。1431年，他出生于特兰西瓦尼亚的锡吉什瓦拉，当时的罗马尼亚一直笼罩在土耳其奥斯曼帝国的阴影下。11岁时，他和弟弟被送到奥斯曼帝国充当人质；六年后，17岁的他在奥斯曼苏丹支持下，打回罗马尼亚夺回了自己的政权。这六年人质生活想必是让这位少年终生难忘的。据说他性格残酷冷血，最出名的是对敌人使用穿刺刑，将他们活活钉在削尖的木桩上，让他们痛苦哀号好几天后才血尽而亡。这刑罚……听起来就感觉浑身酸酸麻麻的。

夺回政权后，德库拉率军多次打败了土耳其大军，捍卫了自己的领土和人民。最令人震惊的一次是，他将被俘虏的上万名土耳其士兵实施了穿刺刑，死状可怖的尸体从山上沿路绵延，差不多有一公里之多。随后赶来的土耳其大军，无不吓得心胆俱裂，很快就撤回去了。斯托克之所以将德库拉作为吸血鬼的原型，很大一部分原因也是他本身的残酷性格吧。

1462年，德库拉战死在罗马尼亚首都布加勒斯特的近郊，年仅31岁。土耳其军队将他的尸体四分五裂（这是多大的仇恨啊），并将首级用蜂蜜保存送往伊斯坦布尔。奥斯曼苏丹将其首级高悬在城门，以此证明这位可怕的敌人真的不再成为威胁了。据说，德库拉无头的遗体至今还被供奉在布加勒斯特的一座修道院内，长久以来一直守护着罗马尼亚的和平。

虽然从资料里了解到不少德库拉的事迹，但这些毕竟只是冰冷的文字，记载着过去，却无法证实现在。在那一望无际的黑森林里，谁又能完全否定吸血鬼的存在？德库拉留下的踪迹是否还能被寻获？吸血鬼城堡里到底有什么神秘之处？

再也没有比亲自到吸血鬼之乡拨开重重迷雾，寻找真实版吸血鬼的故事，更能解答我心中的这些疑问了。

苍白惨淡的月光，狰狞险峻的峭壁，古旧幽深的城堡，锈迹斑斑的十字架，诡异阴森的吸血蝙蝠，妖冶美丽的白色蔷薇，以及空旷的原野中那穿着黑色礼服的身影，宽大的斗篷在夜风中猎猎作响，唇边残留的鲜血在月色下散发着邪恶的光泽……

那么，你准备好跟随我一起踏上这次的寻找血族之旅了吗？

010-011>

Part02

第一印象：美味的蘑菇

什么？到了罗马尼亚，第一印象居然是蘑菇？这难道就是一个纯吃货的美食笔记？非也非也，曾经在旅行书里看到过一句话：了解一个国家，从当地美食下手是最快的。因此到了目的地，我们就迫不及待地先向罗马尼亚美食下手了。这美味的蘑菇自然而然就成了我对罗马尼亚的第一印象。

我们一早就从瑞典的阿兰达机场出发，在荷兰转机后，大约在下午两点到达了罗马尼亚的首都布加勒斯特。首都机场并不算大，更加没有北京、上海这些国际机场来得气派。海关人员扫了一眼我们的护照，很干脆地啪啪盖上了章。相比较捷克、匈牙利这些热门的东欧国家，罗马尼亚算得上是个比较冷门的旅游地。如果不是对血族传说情有独钟，一般很少有人会特地将这里列入旅游计划。

到海外旅行，下了飞机第一件事就是先换些当地的货币。罗马尼亚的货币单位是lei（列伊），1元人民币大概相当于0. 5lei。这个可以在出行前参考最新汇率，换钱时自己心里有个底。这里要特别提醒一下，出了海关去拿行李之前，会经过一个小小的兑换柜台，建议先在这里换一些，因为比外面的汇率要高。

出了机场，外面天气晴好。罗马尼亚夏日的明媚阳光洒落在身上暖洋洋的，此刻我丝毫都无法将这个国家和吸血鬼传说联系在一起。不过，不管怎么样，我总算是踏上自己的梦想之地了。

从机场到市中心有专门的783路大巴，半小时左右一趟，可以在车上直接买票，收费相当低。记得要准备好零钱，因为会说英文的当地人简直和熊猫一样稀少。我们折腾了大半天已经累得不行，索性还是打了出租车到宾馆。这里的出租车费用是比较便宜的，起步价是5lei，相当于人民币10元左右。不过上车后一定要让对方将计价器打开，不然有些狡猾的司机就会趁机敲竹杠。之后我们在布拉索夫就上了一次当，明明只要5lei，结果司机收了我们20lei。钱虽然不多，但这种被骗的感觉会比较影响游玩的心情。

在二战前曾被称为小巴黎的布加勒斯特颇为令人失望，城市看起来好像还停留在二战之后，建筑陈旧灰暗，长年未经整修，像是回到了我国20世纪七八十年代那会儿。难怪我家那位从罗马尼亚回来时，到了荷兰机场的第一句话就是，总算又回到欧洲了。我趁机鄙视了他一下，切，难道穷就不算是你们的欧洲兄弟了？俗话说得好，皇帝老儿还有几个穷亲戚呢。

幸好我也早有心理准备，只在布加勒斯特订了一个晚上的宾馆。休息了一阵子，我们就出发去火车站购买第二天去布拉索夫的车票。接下来的几天，我们就基本在那里混了。

Part03

令人惊艳的布拉索夫

EARCHING FOR THE
LOST MEMORIES

第二天清晨我们吃饱喝足后，准时来到了火车站，还结识了三位从德国和美国结伴而来的血族爱好者。年纪略小点儿的美国女生是电影《暮光之城》的粉丝，从喜欢其中的男演员一直发展到喜欢关于吸血鬼的一切，可见她这份千里迢迢从美国跑到这里的执著了。

在国外游玩时经常看到不少这样学生打扮的背包客，很羡慕和佩服他们的勇气。他们住的是廉价的青年旅社，吃的是便宜的简餐。尽管金钱有限，但能在最美好的青春年华里欣赏这个世界的无限美丽。当我还在他们这个年纪的时候，脑子里想的似乎只有好好读书，压根儿没有走出国门闯荡一番增长见识的想法。不过当时就算有那个条件，也绝对过不了老爸老妈那一关啊。

经常听到一句话，人与人之间是要讲缘分的。我觉得，有时候并非仅仅如此，人与物、人与景，都与缘分一词密不可分。你或许会莫名喜欢上一个地方，或许也会莫名讨厌一个地方。有的地方风景再迷人，却和自己的气场不合，谈不上有多留恋。有的地方并不怎么起眼儿，你却对它一见如故，不由自主地产生一种熟悉的亲切感。

布拉索夫（Brasov）给我的感觉就是如此。

M
M

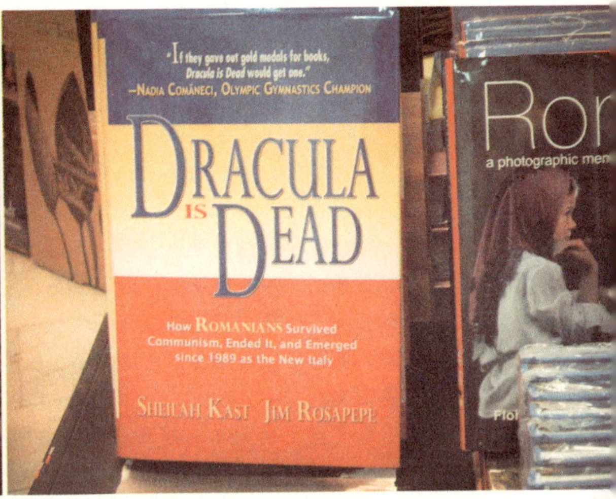

当沐浴在布拉索夫温暖的阳光下，呼吸着清新的空气，看到那些具有中世纪风格的古典建筑，我几乎一下子就爱上了这个地方。

布拉索夫，这座城市的历史可以追溯到石器时代，考古学家曾在这里找到原始人类生活的痕迹。12世纪中期，匈牙利的国王盖萨二世请来了德意志人来到这里开拓，以促进当地的发展。到了1211年，有一部分十字军条顿骑士团的骑士留在当地正式建立起了布拉索夫城，此地后来成为德意志骑士们的封地。城里的建筑很多还保持着中世纪时的风格，鹅卵石铺成的地面仿佛还遗留着古老的气息。若是到了夜深人静时，或许还能听到骑士们的马蹄声在这里回响呢。

到了目的地，我们没有急着去看景点，而是先找到了落脚的宾馆，休整一番后，就去附近的斯法托路易广场上寻找旅游咨询处。旅游咨询处对于自由行的游人来说十分有用，不但能在那里得到最全面的旅游资料，运气好的话还能预订行程。很多欧洲国家的市中心或是火车站旁都会有这样的咨询处，而且标记很明显。当初去慕尼黑旅行时，我们就是在咨询处提前订好去天鹅堡的行程，价格优惠又让人放心。

到了广场，我们毫不费力地就在钟楼旁找到了这里的咨询处。或许是旅游人气不是很旺的关系，布拉索夫的这个咨询点相当简陋，只有稀稀拉拉的几个工作人员，而且英文还不怎么流利。不过架子上摆放着一些当地旅行社的资料和路线推介，总算也没白跑一趟。

布拉索夫旁边的几个城堡相距都比较近，所以那种一天看完三个城堡的路线最受欢迎，也是每家旅行社的必备节目。但是这样又难免有些仓促，无法尽兴。我就是冲着吸血鬼城堡来的，可不能就这样走马观花，所以暂时先拿了旅行社的资料，打算先玩完吸血鬼城堡再说。我特地多拿了几份资料，到时可以仔细比较，因为不少都是私人旅行社，价格差别很大。

除了自己坐火车或是跟旅行社去附近景点，如果有国际驾照也可以选择租车。稍微好些的车行车子租金是每天五六十欧元，每天限行300公里，用来跑跑周边的中世纪古镇足够了。

趁着当天还有时间，我们坐缆车登上了旁边的Tampa（坦帕）山，这样就能在最佳的位置俯瞰整座古城。不过如果有精力爬到Tampa山对面的白塔上，那就可以不花钱观看古城的全景了。

类似好莱坞的巨大白色招牌看起来有点儿土气，不过可别小看了这座山。这或许就是了解历史背景的有趣之处了，看似平淡无奇的景致一旦和传闻野史挂上钩，就会显得格外有意思。还记得之前写到，有一次德库拉对俘虏的上万土耳其士兵实施了穿刺刑，死状可怖的尸体从山上沿路绵延差不多有一公里之多吗？据说，实施刑罚的地点就是从这座山上开始哦。

所谓的穿刺刑，说得简单点儿就是用一根木桩将人刺穿，一般是从直肠或是口腔刺入。木桩通常分为两种，尖头和圆头。尖头可以造成内出血，划破内脏，人死得比较快。圆头的话，可以延长受刑的时间。施刑人需要一定的技巧，通常是拿根木槌通过击打人体，调整木桩在人体内的位置，避免划伤肠道和内脏，从而最终使得木桩从胸部咽喉或者口中伸出，受刑人最多的可以活上一周的时间。这样的死法自然是相当残忍，受刑者要忍受很长时间的痛苦才能断气。据说这种刑罚最早出现于古埃及和古代亚述帝国。想象一下当时漫山遍野都是“烤肉串”造型的盛况，明明是夏天，我也莫名地打了个冷战。

022-023>

这德库拉也是个神人啊，据说他有一个爱好就是边观看行穿刺刑边享用早餐。对这种强大的心理素质，不知该说什么了。大公大人还真是好胃口，难怪会被当成吸血鬼的典范了。不过正史上对他的记载并不多，他的性格是否如野史中所说那样残酷，就不得而知了。但从小就被作为人质送到敌国，这种颠沛流离的生活注定了他的性格必然异于常人吧。

顺便说说这欧洲中世纪的刑罚，比起当时的中国可是有过之而无不及。当初在爱沙尼亚的中世纪刑具馆参观时，那些碎头机、铁处女之类的刑具，看得我头皮发麻，双腿发软，心想无论哪种刑具一上，我绝对什么都肯招了。

或许是城市比较小的关系，城中很多的景点就集中在广场周围，这样游览起来就相当方便，只靠自己的两条腿就完全可以应付了。之前我也在罗马暴走了四天，回来觉得腰差不多都要断了。不过在布拉索夫溜达就多了几分闲适，差不多一天就能将周边景点走个遍了。

城中处处可见布拉索夫的城徽，式样很简单，就是树根上

覆着一顶王冠，意为罗马尼亚国王统治下的土地。

广场西侧矗立着一座气势恢弘，周身乌漆麻黑的大教堂。这也是东欧地区最大的后哥特式建筑。据说，罗马尼亚有著名的三黑：黑人、黑海、黑教堂。黑人是吉卜赛人，这个黑指的是他们手黑，经常偷盗。黑海呢，就是多瑙河的出海口。最后的黑教堂，当然就是这一座了。

黑教堂原来当然不是这个样子，谁会莫名其妙建造一座黑色教堂呢。那是在1689年，布拉索夫发生了暴动，当时的哈布斯堡王朝驻军无法控制局面，在无计可施的情况下，驻军首领下令烧城。于是在全城大火中，教堂也未能幸免，虽然没被烧毁，但外墙被熏成了焦黑一片，从此就被人叫做黑教堂。

虽说是座教堂，但因为这颜色的关系，总好像透着一股说不出来的诡异感觉。每逢周二，黑教堂都会举行管风琴音乐会，只可惜我们没赶上。教堂里面没法拍照，据说是因为里面珍藏着无数的珍贵物品，怕拍照泄露了里面的宝贝，其中包括许多有几百年历史的价值连城的安纳托利亚地毯。其实这样遮遮掩掩，不是更容易引起大家的好奇心吗?

布拉索夫曾经是奥匈帝国和哈布斯堡帝国的门户，在外围还有塔楼。如果有时间，可以买张完整的塔楼分布地图，爬上去看看。几个世纪以来，这些塔楼和城墙的遗址虽已残破不堪，但仍然一如既往地守护着罗马尼亚……

Part04

悠闲的古城

东欧美人多，这话倒是不假。在欧洲，论帅哥，那还是意大利、德国和北欧一带的素质比较高。论美女，单从相貌上看的话，东欧女子算是数一数二了。罗马尼亚的美女胜在身材性感，五官明艳，就像是一朵朵怒放的玫瑰，活色生香，充满了勃勃生机。只可惜拿着相机对着人家猛照好像不大礼貌，所以没能记录下众多美女的镜头，真是遗憾哪。

这座城市最热闹的地方就是城中心的斯法托路易广场。广场就像是城市中最华丽、最夺目的舞台，也是人们聚集约会的首选地。每次酒足饭饱之后，我们就喜欢慢悠悠地从广场散步踱回宾馆。半路上会经过一个相当漂亮的公园，城里的很多居民喜欢在这里消磨时光。公园里种满了各色娇美的玫瑰，就连空气里也弥漫着一股玫瑰清香，令人心醉神迷。罗马尼亚的国花就是白色蔷薇，难怪这里比较偏爱玫瑰、月季这些蔷薇科的花朵了。

漫步花丛间，我发现了在国内公园里经常见到的场景，几位老伯三三两两坐在一起，聚精会神地持棋对弈。这样的情景是不是眼熟得很？我心里一下子觉得暖暖的，对这里更多了几分亲切感。

随意选张椅子坐下来，嗅着沁人肺腑的花香，听着孩子们的欢声笑语，看着年轻的小情侣们羞涩地亲吻……此时此刻，我不再是一名匆匆来去的过客，而已经不知不觉融入其中……时光仿佛凝固，我心中再无任何杂念，唯有静静享受这一刻的美好。

曾听人笑言，旅行就是从自己待腻的地方去别人待腻的地方。这个来来去去的短暂过程，见证着无限的风景和人生的感悟。

PIRAEUS
BANK
Probably the best City in the world
MELI MELO
COFFE BACK

Opticris
Probably the best City in

相较于冷冷清清的布加勒斯特，布拉索夫的游人显然多了不少。广场上分布着许多露天的咖啡座，四周林立着风格古典的各式建筑。虽没有那些欧洲大国的建筑富丽堂皇，但也有几分德国人遗留下来的日耳曼式典雅。

几乎每家露天座位的遮阳伞上，都能看到这句话：Probably the best city in the world（或许是世界上最棒的城市）。不难看出布拉索夫居民对自己城市的热爱，但骄傲中又不失谦逊，隐隐还有一点儿可爱的不自信，是让人对这座城市平添了几分好感。

就连这里的动物也是悠闲的。在广场上，我看到一只无主人的松毛狗懒洋洋地走在汽车道，后面的汽车索性不慌不忙地跟着，一直等到它慢吞吞地穿过马路才加快了速度。

到了用餐的时间，这里可供选择的地方多得令人眼花缭乱。不过有些意外的是，偌大的布拉索夫，我居然只发现了一家中餐馆。记得以前不管去哪里，市中心广场这样的黄金位置少不了要有好几家中餐馆。每次和父母出行，我必定先找中餐馆，以满足老人家的中国胃口。不过现在只有我和老公两人，自然就没这么讲究了。到了一个国家不多尝尝当地的菜肴，好像有些说不过去哦。要时刻牢记那句话：通过当地美食才能更好地了解一个国家。记得上次陪同家人去东欧其他几国旅行时，差不多顿顿都找中餐吃，到后来家人的中国胃是满足了，我家那位的瑞典胃可就不客气地罢工了。唉，中国胃和瑞典胃不可兼得也。

随意选了一家典型的罗马尼亚餐厅，前菜奶酪蘑菇当然是必不可少的。在菜单里看到了久违的烤海鲈鱼，我不禁眼前一亮。想起在伊斯坦布尔旅行时，几乎顿顿点这道菜。海鲈鱼肉质鲜嫩，只要撒点儿配料一烤，这味道就无敌了。只可惜事与愿违，当侍者将剔好的鱼肉端上来时，我觉得完全没有那股记忆中的鲜美味道。直到某人好笑地来了一句："布拉索夫靠海吗？"

唉，看来以后选择食物时，也要认清所在国的地理位置啊！

用完餐点，虽然肚子撑得要命，还是不忘叫份papanasi（炸甜甜圈），再来一杯醇香诱人的咖啡，这下才算是齐全了。看着四周来来往往的游人，舒舒服服地发会儿呆，什么也不用想，偶然抬起头和对面的人交换一个微笑。心情，仿佛也变得透明起来。就连自己的这双眼睛，也比平时更容易捕捉到生活的有趣细节。

餐馆旁有个卖蛋卷冰激凌的摊位，之前生意看起来一直惨淡经营，守着摊子的罗马尼亚大叔很是无聊地玩着手机。过了不久，一位长相英俊的小伙子来接了手，估计是大叔的儿子。转眼间，生意奇迹般地变好了。从小女孩到老太太，路过这个摊位都会买上个冰激凌，到最后居然还排起了队，小伙子都有点儿手忙脚乱了。

这莫非就是传说中的男色效应？

顺带一提，在罗马尼亚经常可以遇见一些乞讨的老婆婆。那些老婆婆几乎都是戴着头巾，长着个大大的鹰钩鼻子，整个形象活脱儿就是童话里邪恶巫婆的造型。而且每次乞讨时，她们都会直勾勾盯着你，翻动着干瘪的薄嘴唇，快速地念着如咒语般的语言，吓得我每回都乖乖将钱掏出来。听说在罗马尼亚，巫婆可是有营业执照的，听说巫婆们还曾因为不满纳税而对政府进行诅咒。我要是不拿钱出来，保不准就被下了什么可怕的诅咒呢。

看来，人还是要走极端才能让人印象深刻，要不就美若天仙，要不就丑绝人寰。

尽管有些不和谐的小插曲，还是丝毫不能影响我对布拉索夫的好感。尤其喜欢城中曲曲折折的小巷，总会在那里不经意间发现被掩埋在时光中的古老建筑。

清晨时分，我们踏着晨曦来到广场，初升的阳光将这里染成了一片浅金色，钟楼的钟声响起，此时的空气宁静而纯粹。新修复的建筑和年久失修的残垣断壁笼罩在阳光下，如同人一般，有风华正茂的，也有失去光彩的。在它们的围绕中，人流聚聚散散，重复着生活中的一幕又一幕。

或许和欧洲其他的名城相比，这里不是最漂亮、最具有历史感、最有文化氛围的，但只要用心，就一定能看得见更多的美。

Part05

你好！吸血鬼城堡

双脚踏上罗马尼亚土地的那一刻，我的心早已飞到了吸血鬼城堡。在布拉索夫待了一晚，第二天我们就直奔吸血鬼城堡所在的布朗小镇而去。由于小镇叫做布朗的关系，这座知名度颇高的城堡通常也被称为布朗城堡。

从布拉索夫去布朗城堡可以搭乘公共汽车，据说是要到汽车总站坐23B的大巴，五个站下来再换去吸血鬼城堡的汽车，听起来麻烦得很。我实在是迫不及待想要见到城堡，忍不住就打车前往了。因为距离并不远，所以价格也不贵。罗马尼亚人似乎对我们这些血族爱好者已是见多不怪，我一说去布朗城堡，司机大叔就露出了会意的笑容。半路上，司机大叔用蹩脚的英文开玩笑说这里有很多吸血鬼哦，某人立刻接了一句，“你不会就是个吸血鬼吧？”

司机笑而不语，我想他心里一定在腹诽——你见过混成这样的吸血鬼吗？好歹也应该是个伯爵贵族啥的才符合吸血鬼的身份嘛。

罗马尼亚人似乎对自己的国家和吸血鬼扯上关系感到有些矛盾，一方面他们觉得这纯粹是子虚乌有的传说，一方面又乐于接受这个传说带来的经济效益。欧洲的城堡多如牛毛，如果不是因为吸血鬼的传说，又有多少人会专门到此一游呢？就连德库拉的作者斯托克先生也一定不曾想到，自己的这本书竟然给一个国家带来了这样深远的影响，更是促进了当地的旅游业发展。

这里要特别提醒一下，城堡周一是关门的，所以千万别挑这个时候去那里。不仅仅是吸血鬼城堡，在罗马尼亚很多景点都是周一关门，所以在安排行程时一定要错开这个时间，不然兴冲冲到了那里发现关门，那种失望就别提了，和大冬天兜头淋下一桶冰水的滋味差不多。我这么说是因为自己曾经有过血的教训，当初去意大利、梵蒂冈就是因为没提前查时间，结果到了那里发现是铁将军把门，偏偏又安排在临走前一天，只好等到最后一天的上午匆匆去看了看，留下了许多遗憾！

通往布朗小镇的道路两边十分平坦，一直延伸到远处山脚下的绿色麦田，与青黛色的远山相映成趣。田野上分布着红色房顶的农舍，在阳光的笼罩下，这里仿佛都被晕染上了一层暖洋洋的色调。

出租车开了半小时就到了布朗小镇，远远地，我看到了那在图片里见过无数次的城堡，感觉自己的心脏都快要从胸口跳出来了，恨不得立刻从车子里跳下来，直接扑向这个向往已久的梦想之地。

下了车，我没有着急进去，而是先在周围转悠了一圈，稍稍平复了一下激动万分的心情。心里仿佛有一个声音在对自己说：终于到这里了，竟然离吸血鬼城堡只有一步之遥了，它不再是平面媒体上的照片，也不是做梦时触手消失的幻象，而是真实地出现在我面前！

这种满足又幸福的心情，几乎可以和我第一次站在金字塔前相提并论。也许那些具有历史感和神秘感的遗迹，总是令人心驰神往、难抑激动吧。

说来也是奇怪，本来还是天气晴朗、阳光明媚，就在我拿出相机的时候，城堡上方的天色忽然变得阴暗起来，我抓拍到了一张笼罩在阴云下的城堡照片。阴沉沉的天气，似乎才能烘托出传说中吸血鬼城堡恐怖的气氛。这个诡异的巧合，更为城堡平添了几分莫名的神秘感。

慕名前来吸血鬼城堡的游客络绎不绝，若是在欧洲其他有名的景点，恐怕耳边响起的都是熟悉的中文，在眼前晃来晃去的也是来自中国的旅行团。而这里别说是国内的旅行团了，就连亚洲面孔都比较罕见。直到进了城堡，我们才遇见一个从香港来的旅行团。在这个地方遇见自己人，感觉特别亲切，兴奋地聊了几句后互相道别。世界这么大，能和国人相聚在这个小小的吸血鬼城堡，也是一种奇妙的缘分呢。

这座鼎鼎大名的吸血鬼城堡建于1377年，坐落于一座山丘上，地势险要，易守难攻。出于军事方面的考虑，城里设置了很多暗道。城堡没有正门，正门的位置都被建造成了城墙，要进城堡必须绕道旁侧，抓住上面扔下来的绳索爬上去。这样的设计也是为了更好地防御土耳其人的进攻。当然，现在我们是不必爬上去了，不然游客恐怕要被这高难度吓走一半，只要从下面开出的小门沿阶梯而上就可以了。

当时的匈牙利国王为了抵御土耳其人，特地建造了这座防御型的城堡。关于城堡，记得书中有一段流传很广的描写：它像一只雄踞于巨岩上的鹰，矗立在陡峭的山崖下，高大、古旧，曾经辉煌，现在却满目苍凉。在惨淡的月光照耀下，更显阴冷。城堡里悄无声息，远处松涛澎湃声隐隐传来，偶尔夹杂着一两声不知名野兽的悲鸣，让人徒增寒意。寥寥数笔就将一座阴森无比的城堡形象地展示在读者眼前，让人忍不住更深入地想象，越想象越是心惊胆战。

如今的城堡依然矗立在原处，即便是在阳光灿烂的日子里，依然带着几分阴森之气，但悠长岁月和古老传说赋予它的神秘感，令人不由自主地想要靠近它，不由自主地想要聆听它，不由自主地想要感觉它。

进城堡前，我留意到了一块十字架石碑，看起来有点儿眼熟，非常像电影《惊情四百年》里开头出现的那一块。在餐厅吃饭时，我们认识了一个爱尔兰大叔，闲聊时我说起那个让城堡出名的吸血鬼小说还是爱尔兰作家写的呢。大叔笑说，是啊，问题是那个爱尔兰作家从来没来过这座城堡。

这可能就是作家与生俱来的天马行空的想象力吧。

大门的铜锁扣雕刻得相当精美，整个构图可以用诡异来形容，两条游龙之间镶嵌着一个神色严峻肃穆的人首，龙尾上方也各有一个人像侧面，令人无端心生畏意。

一走进城堡，第一感觉就是空间狭窄。幽静的走廊通道狭小得仅能由一人通过，大家只能排着队低着头弯腰前进，一不小心抬头的话就会撞到上面。等出了通道，那种呼吸不畅的感觉才得到缓解。类似的感觉我以前也经历过，比这次要严重得多。那是以前一个人跑去埃及钻进金字塔时，差点儿因为窒息而晕过去。

SEARCHING FOR
LOST MEMOR

040-041>

城堡的房间并不大，丝毫和华丽扯不上关系。白色的石灰墙壁，矮小的木门，吱吱作响的发黑的木板楼梯，低低的天花板，简约的木刻吊灯，被磨去了边角的深棕色木制家具，逐渐退色的地毯……

唯一算得上奢侈的应该是铺在音乐房里的一张完整的熊皮。

走到城堡的中庭，顿时令人豁然开朗。我们就是在这里碰上了那个香港旅行团。中庭具有典型的欧洲中世纪城堡风格，正当中是水井，四周是空旷的空间。只是相较于我之前见过的同时期城堡，这个中庭面积小得多，记得哈姆雷特城堡的中庭就宽敞得能容下好几队骑士。不过麻雀虽小五脏俱全，城堡的白墙红顶，映着蓝天白云，以及缠绕在墙上的翠绿色藤蔓，形成了一种古典质朴的美感。

平台上有一个设计挺有意思，我最初觉得这可能是扔垃圾的地方。后来见有资料提到德古拉伯爵为了防止被偷袭，将城堡的大门改建成了城墙，想要进入城堡，只有到城堡南边沿着上面扔下来的绳梯爬上去。所以我猜测，这也可能是个特别的入口。

这座城堡最有特色的就是它东南西北的四座角楼，据说以前这里储存了火药装置，而角楼与角楼之间有木头走廊相连接，这样万一有突发情况也能节约时间，士兵经由走廊及时赶往射击位和小炮台。整个城堡在很短的时间内，就会成为一个火力强大的战斗堡垒。

从平台上远目眺望，山下的风光一览无余。400年前，德古拉是否也站在这里观察着周围的敌情，思索着下一步的军事计划？当然，那个时候，他一定想不到自己会和吸血鬼扯上关系吧。

M
G

如今的城堡更像是一座小型博物馆，当年的鲜血和战斗已湮灭于历史长河中，只有那些展示的服饰和兵器还遗留着那个时代的记忆，让人联想起城堡经历过的血雨腥风。

兵器陈列室有一排颜色鲜艳的盾牌，分别描绘着罗马尼亚各个城市的城徽，我在其中一眼就找到了布拉索夫的城徽盾牌。当时的服饰比我想象的要华丽，缀满珍珠和宝石的帽子和外套，以及那些古旧却依然透着杀气的盔甲和兵器，似乎还能让人想象出当年德库拉大公上阵杀敌的风采。

凝神望向这些服饰和兵器，仿佛用心就能和千百年前凝固下来的一个个瞬间交流。这种感觉奇妙极了。

布朗城堡并不算华丽，也不够宽敞，更没有发现吸血鬼的出没，但比起那些罗克克风格的城堡。这座古朴实用、防御功能强大、注重军事性的城堡，更符合我对欧洲中世纪的想象。华丽，奢侈，美好……那并不是真正的欧洲中世纪。黑暗残酷才是那个时代的主题。所以，即使和吸血鬼传说无关，我也相当喜欢这座城堡。

听说城堡前曾有一块木牌警示前来的游客，上面写着：夜晚禁止入内。听起来煞有介事，不过我去参观的时候可没见着这块招牌。某人听说了之后不置可否，认为即使有那块牌子，也不过是故弄玄虚，以招揽更多的血族爱好者而已。

作为资深血族爱好者，我自然要反驳一番。吸血鬼通常都是在晚上出没的，游客们在白天怎么可能碰见？城堡可是到了傍晚就关门的，谁真正在夜晚进入过城堡？谁又知道在深夜时分的城堡里，到底上演着怎样不为人知的神秘故事？

某人笑言，要不在这里躲上一夜，看看到底有没有吸血鬼出现？这个提议还真是戳到我的软肋……见我讪讪不答，某人露出了“就知道你没这胆子”的好笑表情。

唉，这正是——古有叶公好龙，今有Vivi爱吸血鬼。

Part06
城堡最后的主人

在城堡里参观，随处都可见到一位气质高贵的美人的玉照。这位美人和德库拉可没什么关系，和吸血鬼更是扯不上边。她是罗马尼亚的末代王后玛丽。许多人对这位玛丽王后并不熟悉，其实她在罗马尼亚的历史上可以算是个相当有名的人物。自从1920年她得到这座城堡之后，对这里钟爱万分，索性长期居住下来，一直到1948年被驱逐出罗马尼亚，流亡美国。

玛丽王后的全名是玛丽•亚历山大•维多利亚，出身于贵族之家。她的父亲是英国维多利亚女王的二儿子，母亲是俄国亚历山大二世唯一幸存的女儿，她的表哥或许更加为世人所熟悉，就是那位颇受众多影视作品青睐的俄国末代沙皇尼古拉二世。也许是生不逢时，这对表兄妹都倒霉地和末代扯上了关系。当然，她的表兄更加命苦，落得个几乎是全家灭门的悲惨结局。

玛丽17岁那年，奉母亲之命和罗马尼亚27岁的王储费迪南德在德国完婚。据说在这段婚姻之前，玛丽曾和威尔士王子互生情愫，无奈双方母亲都强烈反对，最终这段短暂的爱情只能不了了之。历史上的费迪南德国王沉默寡言，性格沉闷，王后虽然为丈夫生下了三个女儿和三个儿子，但给好友的信中，王后曾经提到对自己丈夫的感觉就是从不喜欢而发展到厌恶。由此可见，这段婚姻并不像童话里的公主王子那般幸福。

为了摆脱这种同床异梦的痛苦，在婚后第四年，王后开始大胆追求自己的幸福，据说她发展了好几段婚外情，甚至有几位子女的血统也因此而受到了怀疑。即便如此，她还是深受罗马尼亚人民的爱戴。在轰轰烈烈的战争时期，她加入了红十字会，写书为国家筹款，还帮罗马尼亚争取到了美国的贷款。她曾说过一句话，Romania needs a face, and I will be the face（罗马尼亚需要一个代表，而我将成为那个代表）。或许是她对罗马尼亚作出了许多贡献，所以私生活方面的不检点就被国民忽略了。

在吸血鬼城堡里，处处遗留着玛丽王后生活过的气息。当时的厨房、大堂、餐厅都在城堡底层，二楼是属于玛丽王后的空间，除了她的私人卧室和超大的画室外，这一层还有个秘密楼梯，据说可以直接通到东边的角楼。三楼则是专属费迪南德国王和玛丽王后的卧室，同样也有画室，还有衣帽间、投影室、晚宴厅和客房。四楼有图书馆和音乐室，再上一层就是他们的儿子尼古拉王子的卧室。

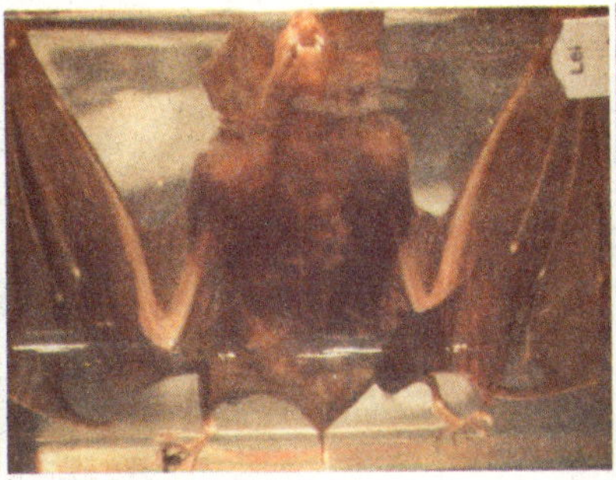

那么，德库拉到底有没有在这座城堡居住过呢？其实历史记载得也不是很清楚，有人说他根本没在这里住过，有人说可能他只居住了一段短暂的时光。为了满足众多血族爱好者的好奇心，城堡方面在三楼的房间摆放了德库拉的画像和介绍，好歹总要有点儿和这位传奇人物有关系的东西吧。要知道，大家不远万里赶到这里，都是冲着他来的。

写到这里又想起德库拉的一件逸事。听说有一次他接见一位土耳其使者，这位使者甚是倨傲，不愿向他行脱帽礼。德库拉只是轻描淡写地说了一句，“既然他不愿意脱帽子，那就让他的帽子永远都脱不下来”。结果士兵就遵照他的命令，用尖锐的铁钉将帽子钉牢在这位使者的头上。

听了这个故事，背后是不是又有那种凉凉麻麻的感觉呢？

中庭那里放着供游客自由发挥的留言本，来自世界各地的游客各种稀奇古怪的留言相当有趣，甚至还有搞笑的蝙蝠侠签名。藤架下摆放着一箱看起来年代颇为久远的红酒，不知味道如何，是否能和那些法国的名酒相媲美呢？吸血鬼城堡出来的红酒，听起来怎么都是噱头十足。

旁边的礼品店也要记得去逛一逛，在礼品陈列架那里，我居然发现了一只干瘪的蝙蝠标本！蝙蝠张牙舞爪形象可怖，冷不防还真被它吓了一跳。这世上恐怕只有吸血鬼城堡会把这个当旅游纪念品来卖，不知有谁敢把它带回家。或许到了月黑风高夜深人静时，它就会睁开眼睛，召唤自己的血族主人哦。

虽然没有遇见吸血鬼，可是我们在城堡的花园里遇见了萌狗一家。狗妈妈带着三个狗娃在花园里晃悠，母子间充满了脉脉温情。只是狗妈妈骨瘦如柴，狗娃直往它怀里钻，像是一家无人饲养的流浪狗。如果有人给些食物的话，狗儿们就都一股脑儿拥了过去。当狗妈妈、狗娃们眼巴巴地望向我时，我手忙脚乱翻遍了包才找出一个棒棒糖，太惭愧太后悔了……怎么不多塞点儿猪肉、枣、牛肉干什么的在包里。

没想到狗妈妈连棒棒糖也要，咬着就跑了，那几个狗娃也迫不及待地跟了上去。

这让我更觉得内疚了……不过再转念一想，在吸血鬼城堡出现萌狗一家好像有点儿诡异，说不定它们白天化做小狗，夜晚摇身一变就成为吸血鬼……再继续联想下去的话，简直都能写部小说了。没办法，谁叫这里是吸血鬼城堡呢？这样的环境和氛围让人的想象力也格外丰富嘛。

比起城堡里礼品店的冷冷清清，城堡外的露天市场可是热闹非凡。精明的罗马尼亚人岂会放过这个大好商机？无论是衣服、杯子、拼图，还是玩具，只要和吸血鬼扯上关系，就都成了抢手货。对于远道而来的血族爱好者来说，虽然无法亲眼看到真正的吸血

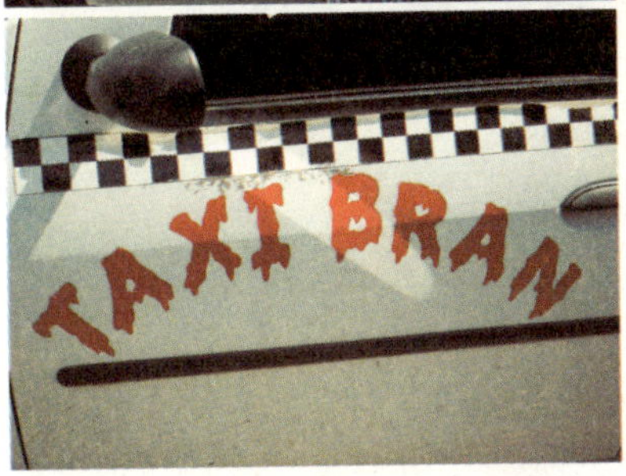

鬼，那么带上几件和吸血鬼有关的东西回家也算是一个纪念。我自然也不能免俗，兴高采烈地胡乱购买了一大堆纪念品，后来回到家都不知扔哪儿了。

其实除了吸血鬼，罗马尼亚的传统刺绣也非常漂亮。在我看来，市场上一些罗马尼亚民间的东西更有收藏价值。像罗马尼亚老夫妇的塑像，以及那个老伯伯跪倒在地上，恳求公鸡将米袋还给他的造型，无不充满了淳朴动人的艺术感染力。

为了吸引更多的游客，城堡方面还特别安排了狼人出场，惹得众人纷纷上前和狼人合影。没有吸血鬼，有个伪狼人也行啊。估计真正的狼人也没料到自己的人气会这么旺，而让伪狼人过了一把当明星的瘾。

或许是为了弥补游客们没见到吸血鬼的失落，城堡外还有一个类似吸血鬼之屋的娱乐场所，布置得倒是挺有氛围，血迹斑斑的窗户，骑着飞天扫帚的巫婆，赤面獠牙的吸血鬼……确实吸引了一部分游客，尤其是小孩子们。不过我对于这种人造景点一向不热衷，在国内又不是没碰到过，所以也就没花这冤枉钱。

既然布朗小镇是因为吸血鬼城堡出名的，自然就要让游客处处感受到吸血鬼的存在。出租车上如鲜血状的字样是不是很眼熟啊？恐怖片里经常见到吧。就连停车场的指示牌也是一个面目可怖的吸血鬼，上面还写着欢迎的英文。外币兑换处的广告牌同样是鲜血淋漓，其实这倒是最形象的，游客们去兑换外币，当中的差额不就让这些“吸血鬼”给拿走了吗？

去餐厅吃饭，一看菜单，赫然映入眼帘的又是这座吸血鬼城堡。看来吸血鬼的宣传在这座小镇真是无处不在啊。如果想要夜探布朗小镇的话，也可以选择在这里住宿，听说镇上有不错的民宿和青年旅社，价格不算贵，有的距离近的从旅馆就能望到城堡的尖顶。

HAUNTED
CASTLE

从吸血鬼城堡走出来时，城堡峭壁上的一丛紫色花朵给我留下了深刻的印象。在阴沉灰暗的城堡对比下，这抹紫色是那么鲜艳明丽，充满了勃勃的生命力。人们对吸血鬼如此迷恋，其实也是出于对生命的一种迷恋吧。

Part07 德库拉的出生地

054-055>

从13世纪开始，成吉思汗率领的蒙古大军给整个欧洲以巨大的震荡，尤其以匈牙利王国和特兰西瓦尼亚地区受到的影响最为惨烈。鉴于此，当时的匈牙利国王安德鲁二世于1211年请条顿骑士团常驻特兰西瓦尼亚，兴建了许多防御坚固的城池，最为出名的共有七座。而我们今天要去的就是七城之一的Sighisoara（锡吉什瓦拉），这里也是德库拉大公的出生地，作为血族爱好者自然不能错过这个特别的地方。据说，这是罗马尼亚迄今为止保存最完整的中世纪古城。

罗马尼亚的火车真够慢的，两地相距明明比从北京到天津的距离还短，火车却开了两个多小时。出了火车站，我们直接打车到旧城门口，只花了5lei。

刚到了旧城，我就感觉到了那种熟悉的带着历史感的气息扑面而来，古朴的建筑，狭窄的街道……如果不是身边人的现代装束，还真有种忽然穿越到中世纪的错觉。

锡吉什瓦拉是座很小的城镇，整座城镇被一道920米长的城墙环绕。所以最好的游览方法就是步行，这样才不会漏掉那些想要看的东西。

进了旧城往前走就能见到一幢醒目的黄色房子，这里就是德库拉的出生地。精明的罗马尼亚人早已将这幢房子改建成了餐馆。吸血鬼人形招牌龇着獠牙欢迎着来往的游人们，像是热切盼望大家随时进来挨一刀。开个玩笑。虽然这家餐厅的消费要比普通餐厅高一些，但也没那么离谱。好歹也是在德库拉的家里用餐，就冲着这个噱头多花点儿银子也心甘情愿，对不对?

从门口的铭牌上可以看出，德库拉自出生后只在这里居住了四年，因为德库拉和他父亲的名字里都有龙的含义，所以在这里出现龙形的吊饰也不奇怪了。欧洲的龙和中国的龙不同，在中国，龙是权势吉祥的象征，而在欧洲，龙往往是邪恶的代名词。

既然到了这里，自然是要进去瞧个究竟。二楼的餐厅前果然腾出了一大块空间，用来安置德库拉的铜像和一些兵器盔甲，墙上也绘着德库拉的画像。游客们来这里用餐都

是冲着这位名人来的，这样的布置让大家一下子就进入状态了。德库拉生前也一定料不到，自己居然因为一本小说而举世闻名，活着时守护着罗马尼亚人民，死了几百年后还要为罗马尼亚的旅游经济发展继续贡献力量。

翻开菜单，映入眼帘的就是德库拉的大名，不管是菜肴饮料还是甜点，总有几个和德库拉扯上关系。像德库拉冰红茶、德库拉冰激凌等，据说之前还有一种特色吸血鬼饮料，由红色水果和坚果搅拌而成，我们这次去却没有见到。

其实这纯粹只是好玩而已，德库拉冰激凌就是红莓口味和樱桃口味的冰激凌球，再加点儿红色的草莓酱汁，看起来红艳艳的就行。至于德库拉冰红茶就更简单了，往普通冰红茶里兑点儿血橙汁就大功告成。虽然明白这些不过是噱头，还是因为挂着德库拉的名头，忍不住各买了一份尝尝。

唉，观光客的银子果然好赚！

INTERNATION

I just
met Dracula!
Let me whisper in your ears how it was!

德库拉出生地不远就是中心广场，围绕着这个广场有很多餐厅和礼品店，同样出售的也是关于德库拉的纪念品。普普通通的咖啡一旦印上了德库拉的画像，摇身一变就成了吸血鬼咖啡，还有这几件T恤是相当好玩，特别是这件“I just met Dracula!”（我刚刚遇见吸血鬼了！），穿出来感觉是不是很拉风呢？

很多游客都喜欢在这里喝着咖啡享受阳光，看起来一片安详美好。不过在中世纪，这里可是公开执行死刑的地方，什么斩首啊、钉桩啊、审讯啊，全都是在这个中心哦。据说在当时，锡吉什瓦拉也是一座握有死刑裁决权的城市。

城中有穿着中世纪服装的人来回表演，热情地与游人合影，有些类似于那个时代的说唱，别有一番韵味。在城中乱走时，不经意间发现有些小商店隐藏在巷子中，看起来简陋破旧，售卖的东西种类也很少。那些曲曲折折的小巷就是有让人一探究竟的欲望。在中世纪时期，这里的手工业也是相当兴旺的，像是首饰匠、搓绳匠、鞋匠、锁匠、裁缝等，他们的铺子就遍布在这些小巷子里。就连当时的十四座城楼也是这些行业集资修建和守护的，所以城楼也就被命名为首饰匠楼、搓绳匠楼、裁缝门这样的名字。别看这些名字听起来有些好笑，在抵御土耳其人时可是出了不少力呢。

锡吉什瓦拉居民所住的老房子，顺着狭窄的街道弯曲盘桓，勾勒出了万花筒般的图案。家家户户的窗台盛开着鲜艳的花朵，薄而轻柔的窗帘随风飘动，偶尔还能听到从里面传出的轻笑声。漫步在这个地方，感觉到旅行带给人的不仅仅是留下自己的足迹，更是以最平和的心境去欣赏美、体会美、理解美。

SEARCHING FOR THE LOST MEMORIES

小镇的标志性坐标就是位于不远处的钟楼。这座建于14世纪的钟楼曾于1676年受损于炸药爆炸，如今这巴洛克式的塔尖是后来重建的。钟楼四座角上的四座小塔代表着这座城市当年是司法独立的。高耸的墙体已十分古旧，留下了岁月刻下的斑驳，而镶嵌于正中的华丽钟盘还是一如既往地准时报点，继续完成自己的使命。爬上钟楼，就能俯瞰整座小城的风光。钟楼里面其实也是一座小型博物馆，展示着中世纪时期的一些兵器陶器。塔顶还有七座精致的木头人像，分别是古罗马神话中代表一个礼拜的众神：月亮、火星、水星、金星、土星、木星和太阳。

一上楼就能看到锡吉什瓦拉在中世纪时的模型，城中心的山丘上是城堡和教堂，围绕着中心，外围的城市一圈圈展开，其实也没几圈，很快就到了城边。不过令人惊讶的是，过去的这座城市和如今的样子几乎没什么区别。怪不得称得上是罗马尼亚保存最完好的中世纪古城呢。

这要是搁在中国，恐怕就和一个村庄差不多大小。

从钟楼上往下望去，这座中世纪的小城仿佛凝固在了时间里，这几百年来一直不曾苏醒。色彩缤纷的建筑，曲径通幽的小巷，铺满了鹅卵石的小路，被环绕在牢固的城墙之内。钟楼的塔尖优雅地划过天空，大片大片的砖红色屋顶，勾勒出明媚的色调。当历史上的一切纷争落下帷幕时，还有曾经动人的传说在熠熠闪光。

在那里，阳光灿烂，过去不老。

游览完整座小城后，我们没有选择打的，而是悠闲地走回了火车站，乘当天的火车返回布拉索夫，那里才是我们的大本营。一路上骄阳似火，小城周围淳朴得没有任何修饰，一路上还看到了非常古老的马车，相当具有乡村风情，忍不住又拍照留念。

想要在锡吉什瓦拉留宿的朋友可要小心了，有的民宿里虽然没有吸血鬼，但可能会有吸血虫。被这小家伙吸血的滋味可不是好受，所以在挑选宿所的时候，也要提前查好相关信息，免得到时半夜惊魂哦。

060-061>

Part08 东欧最美的城堡

回到布拉索夫已是黄昏时分，在宾馆里，我研究了一下从旅游咨询处拿来的材料，计划着最后一天该去什么地方。因为目前还有两座城堡没有去，其中佩雷斯城堡所在的锡纳亚离这里也不算太近，自己搭火车的话，时间可能只够看这一座城堡，所以我们考虑了一下，还是决定找家私人旅行社。打了几次电话询问，又浏览了他们公司的网页后，我们终于定下了一家感觉价格和时间都还可以的旅行社。

完成任务后照样是去广场上觅食，今天没有点奶酪蘑菇，而是换成了烩蘑菇片配炸猪排，味道也是非常正。饭后照旧还是papanasi，不过某人已经扛不住了，他的饭后甜点这次换成了巧克力可丽饼。

吃完之后，我们在广场上兜了一圈才散步回宾馆。除了游人和本地人外，在广场周围也能见到不少打扮醒目的吉卜赛人。吉卜赛人在欧洲简直成了小偷的代名词，凡是到意大利或是西班牙等地，旅行tips（提示）总会告诫前去的游人要小心这些吉卜赛人，因为一不小心就会被他们偷去钱财。在国外旅行，丢了钱是小事，若是连护照一并被偷，那可真够喝一壶的。

其实吉卜赛人也有发了财的，但他们怎么也挤不进当地的主流社会里。无论是有钱的还是没钱的，依然如祖辈那样过着居无定所的生活，似乎毫不在意平常人所在意的一切，比如尊严、前途……他们就好像只活在今天，对明天以及明天以后都无所思虑。

第二天，我们按照约好的时间和地点，在广场上等到了一位浓妆艳抹的罗马尼亚少妇。原来这位少妇就是私人旅行社的老板娘。在欧洲待久了，我发现许多东欧女人年轻时都是相当美丽，要身材有身材，要相貌有相貌。可一旦过了某个年纪，整个人就开始发福，面相也老得非常快，和年轻时相去甚远。闲聊下，老板娘告诉我们除了这个旅行社外，她自己也有其他工作。因为来罗马尼亚的游人比较少，到了冬天生意就更冷清，所以想要靠旅行社赚钱是远远不够的。她的英文虽然蹩脚，但我们好歹还能听明白。

穿过广场，老板娘将我们带到一辆小汽车旁，对司机用罗马尼亚语吩咐了几句后，就对我们潇洒地挥手说再见了。接下来的时间，就全部交给了那位司机大哥。因为彼此语言不通，所以司机只是按照行程表上的地点来安排。我本来还以为可能会有其他游客同行，车子也应该是中巴之类的，没想到就只有我们两个游客。虽然稍微多花了一点儿钱，毕竟省心省力了。如果是坐火车到锡纳亚，就一定要好好留意锡纳亚的火车站，据说这也是罗马尼亚最漂亮的火车站。可惜我们这次是没机会看到了。

今天我们要去的这座佩雷斯城堡，据说是东欧最美丽的城堡之一。它所在的锡纳亚小城有着将近300年的历史，风景秀美，被世人誉为喀尔巴阡山的珍珠。很久以前，罗马尼亚的一位贵族根据《圣经》中的西奈山创立了锡纳亚修道院，锡纳亚小城由此得名。整座小城或许还没有国内的一个小镇大，除了城堡和修道院外，还有一座博物馆以及淳朴的民舍。夏天，小城被一片绿茵围绕，漫山遍野的绿色扑面而来；到了白雪皑皑的冬季，小城就成了颇有人气的滑雪胜地，据说锡纳亚有着罗马尼亚最棒的滑雪场，不过这点对我们就没什么吸引力了，因为瑞典北部也有很多不错的滑雪场。

喀尔巴阡山珍珠中最闪亮的那部分——佩雷斯城堡始建于1873年，直到1914年才全部竣工，这其间也是花了相当多的人力物力。或许有人会好奇，到底是哪位罗马尼亚国王这么懂得享受？其实说起建造这座城堡的国王，并不是土生土长的罗马尼亚人。

先听我来说说当时的历史背景吧。19世纪中叶，奥斯曼帝国的两个公国合并成了独立的罗马尼亚，正式成为罗马尼亚王国。有意思的是，王国成立后，当时的政府却找不出合适的国王人选。

这在当时其实也不是稀罕事。东南欧各国的民族独立，到最后总会因为列强的干涉生生选出一些外国君主来，管理和他们语言根本不同的臣民。不仅仅是罗马尼亚，希腊、保加利亚等国都是如此。而且，被选中的家族基本都来自德国的哈布斯堡家族。这次，罗马尼亚索性就将霍亨索伦家族的德国王子卡洛尔请来坐上了国王的位置。

霍亨索伦家族在欧洲的历史相当悠久，可以追溯到11世纪，也是勃兰登堡、普鲁士及德意志帝国的统治家族。直到第一次世界大战结束后，霍亨索伦家族的末代皇帝威廉二世被迫退位，离开德国流亡荷兰，才算为这个赫赫有名的家族近千年的辉煌画上了句号。

话说卡洛尔王子当上这个便宜国王后，或许是嫌弃这个小国没个像样的王宫，或许是这里的建筑不符合他的审美品位，于是就和王后伊丽莎白一起选中了锡纳亚这块宝地，决定在这里盖一座配得上他身份的行宫。他特地请来德国的著名设计师来建造城堡，并且以流经邻近地区的一条河流佩雷斯河为这座城堡命名。

在宫殿还没竣工之前，卡洛尔国王夫妇的女儿出生，这也是霍亨索伦家族的第一位罗马尼亚公主，只是不幸公主于四年后患了猩红热夭折。这之后他们一直没有孩子，最后国王选定了自己的侄子作为继承人，保证了霍亨索伦家族在罗马尼亚的统治。

068-069>

看到佩雷斯城堡的那一瞬间，我深深地体会到了惊艳二字。高耸入云的哥特式尖顶，乳白色的墙壁，深红色的木制窗棂……巴洛克式的华丽建筑，在茂密的绿色森林间若隐若现，犹如书中的童话呈现眼前，仿佛随时都有王子和公主走出露台向人们挥手致意。

想象一下，国王每天起床之后，先到露台上呼吸一下山间的清新空气，极目远眺，映入眼帘的是森林和积雪的山峰，而近处则有碧蓝色的湖泊和大片大片的绿色草地。国王陛下舒舒服服伸个懒腰，心旷神怡地回房间去喝咖啡用早餐……想想都觉得是令人羡慕的美好人生啊。

只不过现实有时偏偏不尽如人意，就在城堡竣工的同一年，卡洛尔国王在搬进新城堡前与世长辞，并没有享受到这座宫殿所带来的美好生活。

像很多的欧洲城堡一样，佩雷斯城堡位于山林之中，占尽人间美景，而在战乱的岁月里又易守难攻。不过和其他城堡不同的是，它是一座以木结构为主的建筑，这在当时以及过去的城堡里非常少见的。

城堡的外形装饰处处体现着德国文艺复兴时期的风格，走进中庭就可以见到四周墙面上精美的壁画和造型优美的大理石雕像。雕像的面容栩栩如生，就连衣服的皱褶也如此逼真，仿佛一阵风吹过，他们的衣角就会随风飘动起来。壁画同样精美绝伦，哪怕经过了上百年的岁月侵蚀，色泽依然鲜亮如初。就连墙上的壁灯，都那么华丽优雅。这么一比较，之前的吸血鬼城堡更注重实用性。

城堡的售票处也在中庭，游人们可以根据自己的喜好购买单票或是套票。如果想去城堡里面参观，必须跟着这里的工作人员统一行动，不能自由进出。我个人不是太喜欢这种参观方式，感觉仓促了一些。我更乐意在喜欢的城堡里细细看慢慢逛，没人管我会待上多久。

走出中庭，眼前是一个气派的王家后花园，花园里有水池和喷泉，还有不少千姿百态的石雕。最引人注目的是一座古罗马神话人物的雕像，英俊的面容，张扬的人体美，令人不得不赞叹艺术家的才能。在水池边，我们还遇见了一对来这里拍摄外景照的罗马尼亚新人。记得以前回杭州时，总能在西湖边见到许多来拍外景照的新人，后来在罗马的斗兽场边也遇上好几对意大利新人。看来挑选个美丽的外景地留下人生中最难忘的回忆，是全世界新人的流行指标呢。

这位罗马尼亚新娘本来就很漂亮，在白色婚纱的映衬下自然是艳光四射。美人，美景，如此协调养眼的画面惹得游人们纷纷围观，举起了手里的相机记录下了这美好的一幕。新娘也落落大方，对游人们回以幸福的微笑。

除了那些雕像外，花园里还矗立着一座国王卡洛尔一世的铜像。他手持权剑，双目炯炯有神地注视着前方。没有他，就没有这座城堡的诞生。尽管他没有享受到这座城堡的一切，但可以永远地站在这里，遥望着对岸山坡上风景如画的佩罗什河谷风光。

城堡里面的结构看起来和其他城堡大同小异，有兵器厅、议事厅、音乐厅、宴会厅、剧场、卧室等分工不同的房间，共160间，分别呈现了德国、意大利、英国和阿拉伯等不同的风情。这座城堡还有一个与众不同的优点，使它在众多城堡中轻易脱颖而出。当时建造这座城堡时所有的设备和配置都已经相当现代化，不但有地热、中央除尘系统，还有最先进的取暖系统。电能来自城堡自己的发电机，据说罗马尼亚的第一次电影放映就是在城堡的小剧场里进行的。

如果在所有的城堡里让我选一座居住，我一定会选佩雷斯城堡。这可是欧洲第一座使用现代电力设备的城堡哦。其实城堡听起来很美很浪漫，在那个时候到了冬天却冷得要命。如果不用壁炉会被冻个半死，但又不可能时时刻刻烧着壁炉，而且也不可能将偌大一个城堡烧暖，就算是国王本人也免不了要挨冻。由此可见，有暖气的城堡是多么的舒适啊。

既保持了浪漫的古典风格和王家该有的气派，又能享受到现代化的成果，这样完美的城堡怎能不令人向往?

佩雷斯城堡里一共住过四位国王，最后一位国王据说仍然健在，到现在应该有八十多岁了吧。1947年，罗马尼亚共和国成立后，将这座城堡收归国有，用来接待重要的国宾，其中包括美国总统尼克松等重量级人物。1989年后，城堡被改成了博物馆。听说罗马尼亚准备将这座城堡交还给流亡国外的罗马尼亚王室，但要求仍将其作为博物馆供各国游人长期参观。

昔日的王族已经失去了荣耀和显赫，而佩雷斯城堡就像是一位见证了百年风雨的老人静卧林间，散发着那个时代的建筑之美，浓缩了罗马尼亚王国一段沉甸甸的历史。

在佩雷斯城堡的不远处还有座小佩雷斯宫，比这座城堡要简朴得多了。这是当时罗马尼亚第二任国王费迪南德和王后玛丽居住的。因为时间关系，我们这次没去看那座小佩雷斯宫。

离开这里时，我忽然想起了在旅行攻略上看到的一句笑话：罗马尼亚除了首都不怎么样外，其他地方都还不错。

Part09

停留在14世纪

从佩雷斯城堡回来时，我们还顺路去了另外一座Rasnov（拉斯诺夫）城堡。这座城堡位于布拉索夫和布朗小镇之间的一座山顶上。如果是从布拉索夫出发，打车没多久就能到达。其实第一次去吸血鬼城堡的路上，我就见到它了。位于远山上的城堡在蓝天白云间显得分外巍峨古朴，就是类似好莱坞的那几个白色英文大字Rasnov显得和这里格格不入。那时因为心急想先去看吸血鬼城堡，所以就没有在半路停下来。到了今天，总算不必再次过Rasnov而不入了。

山脚下有个小镇，附近也有些贩卖纪念品的商家，其中有一家售卖的罗马尼亚民族娃娃很可爱。游人可以选择自己慢慢走上去走下来，也可以选择接送车来回。

我抬头一看，发现从山脚爬到山顶也不是那么轻松，于是就乖乖花了3lei坐上了接送车。看起来很有些年代的接送车吱呀吱呀地叫着将我们送上了山路，夏日灼热的阳光从树枝缝隙间透过，洒落在游人身上，偶尔一阵风从林间吹来，顿时拂去了一身暑气。

Rasnov城堡最初由条顿骑士团于1215年开始兴建，到了14世纪，罗马尼亚人重新修建了这里用来抵挡土耳其人和鞑靼人的入侵。灰黄色高耸的围墙，赭石的屋顶，单从外表看，城堡显得相当粗犷朴实。刚到城堡的铁制大门前，这种感觉更加强烈。这座城堡看起来非但和华丽奢美扯不上半点儿关系，我甚至觉得连城堡都算不上，应该叫做堡垒或是要塞更加合适。

走进去一看，这座城堡根本就是一座建在山顶上的城池。它不但拥有自己的城徽、房屋、仓库、水井等，天井那里还种植了不少娇艳动人的玫瑰花，或许是为了和城徽上的三朵玫瑰相呼应吧。工作人员穿上了中世纪的服装，时不时地在城堡里走动，仿佛和这里融为一体，游人们更有种不知身在什么时代的恍惚感。

078-079>

INTRARE

城堡里的很多地方年久失修，墙面脱落，露出里面未曾雕琢的石块。有些墙与墙之间还加进了金属网，为的就是起到加固的作用。里面还开着几家礼品店，有的特别狭窄，仅容一人通过的巷子里居然也能见缝插针，不得不再次佩服罗马尼亚人的精明。店里售卖的东西无非是些明信片、地图之类的东西，甚至还有喝咖啡的地方。相较之下，似乎是穿着古装的罗马尼亚美女更加惹人注目。

天井是连接城堡内外的重要通道，向里穿过门洞，可以直接到达内城。其实所谓内城，占的地方并不是很大。在这里我们看到了一口水井，差不多有150米深，保证了城堡里居民充足的用水，即使遭敌人围城数日也无须出城取水。据说，当时两位土耳其阶下囚以挖井作为交换自由的条件，整整挖掘了17年才完工。至于这两位当事人最后的命运，有人说他们获得了自由，有人说他们最后还是被处死。至于真相到底如何，就不得而知了。不过让我疑惑的是，在没有这口水井之前，城堡里的居民用水岂不是很困难？毕竟从山下到山上，也不算是段短距离。敌人攻上来是困难了，但物资供应的难度也相应提高了。

城堡的几座角楼看起来依然坚固，城墙边有很多射击台和炮台，更是昭示了这座城堡最主要的用途。这里或许没有神奇的传说，没有王子、公主的浪漫爱情，没有骑士们的英雄主义，但有着罗马尼亚人民保卫家园的决心和执著。

从小径拾级而上，仿佛是走进了一座山顶的迷宫。顺着蜿蜒的石子路穿过层层小巷，就来到了城堡的最高处，远方美不胜收的风景霍然跃入眼帘。视野开阔，极目远眺，风光无限。

一碧如洗的蓝天，一望无际的绿茵，一片片赭红色的房顶划出了一道道美丽的弧线，令人顿感心旷神怡。还有胆大的美女，专挑那种危险的地方拍照，这是无限风光在险地吗？后来翻看照相机时才发现，我家那位不知何时将大胆美女拍了下来。喂，这家伙是来看风景还是看美女的？若是调侃他，他又要使出故有的伎俩，来个死不认账，狡辩说不知道那美女怎么到镜头里来的。其实呢，美丽的事物，人人爱之，不管男女，只要是欣赏的眼光，完全是可以的嘛。

山顶上还有观光瞭望镜，如果嫌看得不过瘾，大可以再投币用瞭望镜看得更加清楚。不过我个人更喜欢这样全无遮拦的远眺，一百八十度无死角的观赏角度，那感觉才是真正的置身此中，不得不感叹自然之美。

虽然在这里游览的时间并不算长，但这座古风古貌、原汁原味的城堡颇让我喜欢，可能是见多了那些绚丽多彩的城堡，这样拥有强大防御力和攻击力的城池令人耳目一新。或许是不算太出名的缘故，它依然能够以一副未曾修饰的原始面容，向来往的游人们诉说着岁月的沧桑……

world
Probably the best City in the world
Probably the best City in the world
Probably the best City in the world
HOUSE OF MUSIC
AGENTIA DE TURISM

回到布拉索夫后，因为是在罗马尼亚的最后一夜，所以我们对这里有点儿依依不舍。我家那位虽然对布加勒斯特印象不怎样，但对布拉索夫还是很有好感的。

这几天，我们接连看了好几座古堡，那些建于古代的城堡如今依然展现着惊人的美丽。

尽管逝去的遥远传说现在只遗留下流光片影，但那美丽背后有着如幻梦般的朝代更迭、世事变化，有风花雪月的爱情、残酷无情的战争、冰冷可怕的阴谋、无法改变的宿命……我们或许能从最隐秘的角落窥探出一二，在不经意间与历史重逢……

这次因为时间关系，很遗憾没有去七城之一的西比乌，没看到传说中的西比乌之眼和说谎桥（Liar Bridge），听说只要在这座桥上撒谎，整座桥就会崩溃倒塌。嗯，下次可以带着另一半去试试。

如果觉得没过足吸血鬼的瘾，那么可以去试试传说中的吸血鬼旅馆Castel Hotel Dracul。这座建造于1983年的吸血鬼旅馆位于罗马尼亚南部。据说当客人进门时，扮成吸血鬼的工作人员会从棺材里跳出来给大家一个惊吓，不，一个惊喜。而前往这座城最有感觉的方式，就是乘坐敞篷马车穿越阴森森的密林，这样的情景是不是令人更加期待与吸血鬼的约会呢？旅馆也有自家的网站，音效和图像都做得相当有效果。

罗马尼亚的短期旅行算是结束了，实现了多年的梦想，也留下了些许遗憾。

有句话说得好，人的一生至少要有两次冲动，一次为奋不顾身的爱情，一次为说走就走的旅行。

很幸运，两种冲动我都尝试过了。

至于这个世界上到底有没有吸血鬼呢？你若是相信有，那么它就存在；你若是相信没有，那么它就不存在。

Part10 吸血女伯爵的故乡

除了罗马尼亚，东欧的其他几个国家我在两年前已带家人去转过。说起匈牙利，这也是个出过吸血鬼的地方。根据历史记载，在东欧不同国家里传说曾经有很多稀奇古怪的吸血鬼。据说罗马尼亚的不少吸血鬼往往拖着一条尾巴，这条尾巴令吸血鬼拥有强大的能力。莫非这是猴子变异而来的？更玄的是，如果发现坟墓附近的地面上有小洞，那么晚上吸血鬼会化成雾气从这些洞口里钻出来。而吸血鬼和人类女子结合后生下来的人，在罗马尼亚就叫做vampiritch，在匈牙利则叫做dhampires。匈牙利的吸血鬼中最有名的代表人物，当然要属吸血女伯爵伊丽莎白•巴托里了。

她的知名度虽然没德库拉那么高，但近年来拜游戏电影的宣传所赐，女伯爵的人气也是蹭蹭地往上涨。

比起德库拉，她的残忍程度可谓是有过之而无不及。巴托里夫人出生于匈牙利一个强大的贵族家庭，她喜欢从虐待女仆中得到某种变态的快乐，和管家一同发明了无数残酷的刑罚。其中最令人发指的是甜蜜的痛苦和水之痛苦。她用熔化了的蜡和熨斗来折磨少女，脱去她们的衣服，在她们全身上下涂满蜂蜜后丢弃在树林里，任由昆虫噬咬，这就是甜蜜的痛苦。而水之痛苦就是将少女脱光衣服后，浸泡在冰冷的水，并不断从头上浇冰水，直到对方被活活冻死。

为了留住自己美丽年轻的容颜，女伯爵还发明了一种古老狠毒的驻颜秘方。她不但用各种残酷的方法虐杀少女，还用少女的鲜血沐浴，或是干脆当饮料喝掉，据说在三年内差不多虐杀了六百多名少女，直到最后才被揭发出来，被禁足老死在城堡中。据说，她的遗体被安葬在匈牙利的东北部城镇Ecsed。

我倒是很想去她曾经居住过的塞依特城堡看看，无奈查遍了资料，都没发现这座城堡遗迹的所在，只能退而求其次，去匈牙利首都布达佩斯一游吧。

ARCHING FOR THE
LOST MEMORIES

当时，我们是从波兰的奥斯维辛集中营直接开车到布达佩斯，差不多开了八小时才到达了目的地。东欧的经济比起西欧、北欧的确差了一大截，这从道路两旁的房舍就能看得出。即使房子破旧，人们也依旧有一颗懂得生活、懂得美的心。各家的主妇们都各尽所能，将自己的花园打扮得漂漂亮亮，在园子里种满了各种各样鲜艳的花朵。车子开过的时候，窗外的风景令人觉得赏心悦目。

可能因为我在写《寻找血族之旅》这部游记时，将匈牙利设定为了吸血鬼男主角的家乡，所以对这个国家有一种很特别的亲切感。

要说布达佩斯的哪个景点让我印象最为深刻，一定就是位于多瑙河河畔的渔夫堡了。渔夫堡，一听这个名字是不是就让人觉得这个景点和渔夫有关呢？没错，这里还真的和渔夫有点儿关系。建造于1895年的这座城堡原先并不叫这个名字，在非常时期为了守护布达佩斯，市民决定将皇宫一带的多瑙河交给渔夫行会守护。之后为了纪念守护此地的渔夫，干脆将这里命名为渔夫堡。别看这个名字听起来不怎么浪漫，如果身临其境的话，必然会被它梦幻般的外观折服。

棉花糖般雪白的城堡仿佛带着一股甜蜜的味道，七座可爱的塔尖高低不一，造型别致，在阳光下看起来更像是童话里的城堡，厚重中透露着轻盈，巍峨中洋溢着秀丽，仿佛随时都会有王子、公主出现在这里，上演着书里的浪漫爱情。听说到了夜间，很多年轻恋人会在树荫的掩映下，或是轻声慢语诉说衷肠，或是温柔相拥缠绵亲吻。

据说这里还曾被评选为匈牙利国内最容易失去初吻的地方哦。情窦初开的少男少女来到这里，在这么浪漫迷人的环境感染下，自然会情不自禁地献出彼此的初吻。因此到了夜晚，渔夫堡基本上就成了恋人们的专属地。而新婚夫妇们拍外景照时，多数也会选择这里做背景。

某人听闻初吻的传说后，他那大叔外表下的少男心显然被触动了一下，也颇想和我在这个地方浪漫一下，无奈家长大人就在身侧目光炯炯，伪少男只得悻悻作罢，继续自己孝顺女婿的角色，为家长大人殷勤拍照留念。

我笑着调侃他，这里是少男少女浪漫的地方，咱们就别凑这个热闹了。某人不服气地来了一句，浪漫又没有年龄的限制。

是啊，这句话说得好，浪漫没有年龄的限制。就算是白发苍苍、皱纹满面，也同样有追求浪漫的权利哦。浪漫，不会因为年龄的增长而消退。

从渔夫堡远远望去，夏日的金色阳光洒落在波光粼粼的多瑙河上，恍若折射出了一场旖旎的美梦。对面华丽宛如宫殿的国会大厦清晰地映入眼中，来往的船只在河面上缓缓游过……耳畔似乎真的回响起了那首熟悉的《蓝色多瑙河》……怪不得旅游杂志上推荐过渔夫堡作为欣赏多瑙河的最佳地点呢。

这么美丽的风景自然不能错过，我们和其他游人一样，忙着按手中的相机，想把这最美的一刻完整记录下来。

商人们早就占据了最佳位置开，起了露天咖啡馆，走累了的游人们可以坐下来喝杯咖啡，顺便赏个风景。如果不想花钱的话，也可以坐在迂回的回廊上观赏风景，感觉也非常舒适。

渔夫堡旁边还有一座马伽什大教堂，是由匈牙利历史上赫赫有名的马伽什皇帝所建。这位皇帝和罗马尼亚的德库拉大公是同一时期的，也算有点儿关系。当时，年仅14岁的马伽什皇帝刚刚被大贵族们推上匈牙利王位，就成了波西米亚国王的人质，直到他后来娶了国王的女儿才被释放。这之后，他平定国内叛乱，并且得到了神圣罗马帝国皇帝的支持和承认。他曾多次打败奥斯曼土耳其帝国，就连德库拉大公也对他俯首称臣。最猛的就是，他最后连神圣罗马帝国的皇帝也打败了，还占领了包括维也纳在内的奥地利的一半国土。在他统治的那个时期，匈牙利的面积是历史上最大的。

只可惜皇帝去世时只有一名私生子，因为私生子无权继承王位，所以王位就落到了波希米亚人手中，而匈牙利也从此开始衰落。

这位皇帝的生平也算是波澜起伏，充满了戏剧性。当了解这段历史后再回首看这座教堂时，是不是会有些特别的感触呢？人生如此短暂，再伟大的帝王都会消逝在历史尘埃中，而那些曾留下主人痕迹的建筑依然屹立在此，仿佛和永恒的时间继续纠缠着……

马伽什大教堂是历代匈牙利皇帝举行婚礼和加冕的地方。因为一些历史原因，教堂融合了匈牙利的民俗艺术风格和土耳其伊斯兰教风格，特别是彩色马赛克瓷砖房顶是当时教堂里比较少见的，据说电影《茜茜公主》还在这里取过景。

二战中，德国人在布达佩斯进行了激烈的抵抗，结果这座历史名城几乎被盟军夷为平地，目前的大多数建筑都是战后重建的，真是非常遗憾和可惜。相比之下，维也纳同为德国的同盟，表现就圆滑得多，最终也躲过了一劫，保留下了那么多美好的事物。

这座渔夫堡自然也没能幸免，万幸的是，之后的重建者就是初建者的后人，因此还保留了渔夫堡的原貌。

匈牙利确实够倒霉的，13世纪时蒙古大军的铁蹄几乎踏平了这里，没想到好不容易缓过来，又遇上了二战。一阵狂轰滥炸后只得耗费财力人力再次重建国家，难怪经济状况在欧洲国家里一直居于下游。

沿着城堡往山上走，这里算是布达佩斯的富人区，有钱人基本都住在这里。我非常震惊的是，居然在布达佩斯看到了一辆超级加长悍马，比我在迪拜看到的加长版还要多几个轮子，太不可思议了。要是出现在北欧、德国、奥地利，我都不会那么惊讶，可居然是出现在经济状况这么差的匈牙利……

看来，什么地方都有卧虎藏龙之人。

Part11
神秘的
布拉格

公元13世纪，布拉格就成为捷克王朝的第一座王城，迄今为止已有七百多年的历史了。在古城中漫步，随处可见那些罗马式、哥特式、巴洛克式等不同风格的古代建筑。每一种风格都见证了当年的朝代交替，留下了漫长岁月的烙印。比布达佩斯幸运的是，布拉格的这些建筑基本都完好地保存下来了。它也是第一个整座城市被指定为世界遗产的城市，由此可见，这座古城里有多少珍贵的遗迹了。

HING FOR THE
T MEMORIES

对于我这个忠实的城堡控来说，在这些建筑里，布拉格城堡可是万万不能错过的景点。

据说公元9世纪时，布拉格的王子在伏尔塔瓦河畔的丘陵上盖起了这座城堡。一千多年来经过多次扩建，就成了今天颇有人气的布拉格城堡。

如今，城堡依然是总统和国家机关的所在地。几百年来，布拉格曾被安上了许多形容词，比如百塔之城、金色之城、欧洲之心、万城之母……记得尼采曾经说过，“当我想用一个词表达音乐时，我只找到了维也纳，当我想用一个词表达神秘时，我只想到了布拉格”。

神秘，当我们在夜晚时分驱车到达布拉格时，我深深体会到了这个词的含义。那些古典建筑在半明半灭的灯光照耀下别有意境，仿佛能看到过往的历史和人文在眼前如浮光掠影般闪过，心里也变得异常平静。只可惜当时天色已晚，我们来不及欣赏布拉格的夜色，就匆匆去宾馆休息了。

102-103>

一大清早，我们就从宾馆朝着布拉格城堡出发。由于距离不是太远，所以就步行前往了，半路上我们还经过了查理大桥。这次旅行之后，查理大桥和意大利罗马的天使桥一并跃为我心目中最喜欢的大桥。

当地人有种说法，外来的游人们要将查理大桥走过九遍，才算是来过布拉格。听说，每次过桥所见到的风景都会有所不同。可惜我们在布拉格待的时间不长，算来算去怎么也凑不够九遍了。

查理大桥建于1357年，是欧洲最古老最长的石桥，桥长有520米，大桥连接着旧城区和布拉格城堡，据说是捷克历代国王加冕游行的必经之路。大桥的桥头造型很是特别，远远看去就像是扣着一顶大黑帽子。最令我心动的是桥两边护栏上形态各异、精美绝伦的雕像。我数了数，差不多有30个。每一尊雕像都栩栩如生，显示了当时雕刻家高超的艺术水准。据说只要用心触摸这些雕像，就会得到一生的幸福。于是我也不能免俗，忍不住摸了又摸，还将某人拉过来一起非礼雕像。

写到这里，忽然想起了网上一个有趣的帖子——那些被非礼的雕像。在所有景点的雕像里，最悲惨的非维罗纳的朱丽叶小姐莫属，据说摸她的右胸就会得到美好的爱情。结果她的那个部位被游人摸得闪闪发亮。美好的爱情谁不向往呢？难怪人人都想占下朱丽叶小姐的便宜了。

桥上有不少自由画家在作画，有风景有人物，如果仔细观察他们的画作，就会发现画家笔下的查理大桥在不同的季节真是各有各的美。有人自娱自乐地做着街头艺术表演，有人欢快地弹奏着……大家似乎都旁若无人地沉浸于自己的世界之中。被这样的气氛感染，我也从兜里摸出钱币，微笑着放在他们面前的帽子里。我喜欢这样充满尊严的赚钱方式，既带给别人快乐，也带给了自己快乐。我们和他们，无论何时都是平等的。

大桥的交通功能到了现在逐渐淡化，这里俨然已经成为布拉格艺术的展示场所。从桥上眺望布拉格城堡，在暖暖晨曦的映照下，整座城堡熠熠生辉，仿佛高高在上的君王正在接受臣民的朝拜，美丽梦幻得令人难以用语言形容。

走完整座查理大桥，就来到了布拉格城堡的脚下。我们抖擞精神，沿着登城堡的台阶铆足了劲慢慢往上走。城堡里俨然就是一个建筑复合体，教堂、皇宫、修道院、画廊、火药塔，几乎全集中在这里了。无论是神圣罗马还是文艺复兴，每个时代都留下了自身独特的痕迹，这里称得上是欧洲历史上最伟大的古城堡建筑群。

好不容易爬完这段路，总算是看到了布拉格城堡最重要的地标——圣维塔大教堂。这座典的型哥特式教堂，气势恢弘，是王室加冕与辞世后的长眠之所。教堂里面的装饰典雅万分，高高挑起的穹顶凸显出了尊贵的气势，彩色玻璃上的绘画都是布拉格著名画家穆哈的作品，在阳光的照射下闪耀着圣洁的光辉。圣殿里最为夺人眼球的要数那座由20吨白银打造而成的圣约翰之墓。20吨白银……若是打成银首饰，恐怕得堆积成山了啊。

彩色玻璃窗与高高的穹顶营造出了肃穆沉静的气氛，将教堂里的明暗光影勾勒得迷离游移，就算不是基督教徒，在这一瞬间或许也会有想要和上帝对话的愿望吧。

108-109>

登到山顶时，从山上俯瞰城市，欧洲的很多古城建筑都是红色房顶，鲜艳的颜色衬着蓝天白云，显得格外明媚。远处的伏尔塔瓦河静静流淌着，是不是这样的景致、这样的风情，才给了许多捷克作家灵感，让卡夫卡写出了《变形记》，米兰·昆德拉写出了《生命不能承受之轻》……

城堡里还有条有趣的小巷，叫做黄金巷。顾名思义，这个地名一定是和黄金有关了。如果要进内参观，自然得另付银子。据说这里曾经居住了不少为国王炼金的术士，所以小巷因此而得名。听起来是不是觉得这个地方有点儿神秘呢？不过我觉得不是太靠谱，如果点金术真的有效，那前面提到的20吨白银不就能点成黄金了吗？

据说黄金巷这里的一座门牌为22号的蓝色房子，就是卡夫卡的故居。当时我有点儿想入内参观，可是老爸大手一挥，说这小巷子有什么好看的，咱不花这钱。于是乎，我们只得谨遵家长之命，和传说中的黄金巷就这样擦身而过了。

从城堡下来时，天色已经暗了下来。只见两边的山坡上高耸着一座座尖塔，犹如魔法般将这里变换为只有在明信片中才能见到的景致，怪不得布拉格会被称为百塔之城。落日的余晖洒落在城堡上，将其晕染成了一片浅浅的金色，恍若文艺复兴时大师笔下的油画作品。这样浪漫优美的画面，仿佛正是世人想象中的欧洲。我们就站在河的对岸，远远地看着这幅自然界造就的经典画作。

落日的微醺，就这样迷失在流光溢彩的时光里。

当夜幕降临时，渐渐退去周身光线的古堡也仿佛困了乏了，沉沉地进入了睡眠。而我们依然迷失在布拉格的落日中，久久不愿离开。

Part12

惊悚的
人骨教堂

说到捷克，还有个特别的景点是千万不能错过的，只不过前提条件就是你的胆量要足够大，不然到了那里被吓回来就不好玩了。其实这个景点和吸血鬼也能扯上点儿关系，我相信吸血鬼如果选择在教堂边的墓地里出现，那么这座教堂是再合适不过了。

人骨教堂，光听这个名字就很惊悚了。不过，越是这样的地方就越吸引我。作为资深血族爱好者，哪儿会被区区的人骨吓退呢？

这座听起来怪吓人的教堂位于布拉格附近的Kutna Hora（库特纳霍拉）小镇，两地相距大约是70公里。小镇虽然不大，但有着相当悠久的历史。12世纪时日耳曼人发展了此地，将其作为定居点。到了13世纪末，由于本地开采了银矿，这里发展成为波西米亚地区最富裕繁华的城市之一，在当时的地位仅次于布拉格。

从布拉格去这座小镇有两种方法，火车或是汽车。不过相比之下，火车比较宽敞舒适，所以选择前者的人更加多一些。从Kutná Hora火车站走到人骨教堂不太远。我们当时为了照顾家长的身体，怕他们太累，特地包租了一辆九排座汽车，连同司机小哥也一并租用了。我们带着家长从慕尼黑出发，到附近的东欧诸国玩了一圈，再从慕尼黑回到斯德哥尔摩。所以，那天我们的车子一直开到了人骨教堂门口。

112-113>

教堂外围看起来很普通，时代久远的暗灰色墙壁，环绕的墓碑和鲜花。不知道是不是心理作用，尽管当时阳光明媚，但四周依然有种说不出的压抑感。光在外面看看感觉已经是怪怪的，进去之后，阶梯两旁密密麻麻的人骨装饰给我们来了个下马威。幸好我有颗强大的心脏作为支撑，不但没有被吓出去，反倒平稳了一下心跳，给自己壮了壮胆。再怎么说，这些也只不过是死人的骨头而已，又不会变成妖魔鬼怪，有什么好怕的。既然花了钱买了票进来，可不能就这么浪费了。

老爸和某人倒是面不改色，兴趣盎然地同时拍起了照片。这岳父和女婿两人还真是合拍啊。

其实这座教堂的由来倒是一点儿也不恐怖。据说13世纪时，波西米亚王派修道院院长亨利去圣城耶路撒冷办事。亨利从耶路撒冷带回了一把泥土撒在这里，结果许多人都认为埋骨于圣土可以上天堂，所以这里立刻成了最为抢手的墓地。当时的有钱人都希望死后能葬在这里，那个盛况估计和现在抢个好的楼盘没什么两样。到了14世纪时，欧洲爆发了震惊世界的黑死病，死人无数，布拉格也未能幸免，所以教堂的墓地再次扩建，新的墓地更是超过了三万座。自此，教堂开始渐渐衰败，平时也没什么人打理。在岁月的侵蚀下，墓碑荒芜，很多尸骨暴露在了光天化日之下。后来一些教士见暴露在外的骸骨实在太多，就将它们清洗后放置在了教堂里。直到18世纪初，捷克的一位著名建筑师灵机一动，索性将这些骸骨做成了装饰品。天主教徒认为自己的一切都来自于神，所以将自己的一切奉献给神（包括身体的每一部分），这并没什么奇怪的。

沿着阶梯往下走，那些铺天盖地的人骨和骷髅所形成的强烈的视觉冲击，更是令人毛骨悚然。不知是不是心理作用，教堂里面和外面的温度相比起码下降了十度，似乎时时有阴冷冷的风穿堂而过，激得皮肤上浮现出一层细小的鸡皮疙瘩。

忽然置身于这样的环境中，被数不清的骷髅包围，就算是再大的胆子也会觉得有点儿不自在吧。

大厅里摆设着四座骷髅塔和一盏华丽无双的人骨吊灯，这盏人骨应该算是教堂的镇殿之宝了。以人的腿骨作为主架，下颌骨组成挂帘，主架又延伸为八个腿骨灯架，撑起了排成圆形的盆骨，每个盆骨上又各装饰着一颗骷髅作为烛台。诡异恐怖的外形中，似乎隐约散发着邪恶的华丽。能将人骨打造得这样具有美感，在某种程度上也算得上是独特的艺术品吧。虽然心里有点儿毛毛的，但眼前难得一见的画面还是令我忍不住按下相机快门。我一边拍下照片，还一边在心里默默念叨："抱歉打扰了，我只是想拍几张照片作为留念，各位莫怪啊……"

若是某人知道我在碎碎念些什么，一定会趁机取笑我一番。

教堂进门前还有个告示，就是请游人不要随便触碰教堂里的东西。乖乖，这里全是人骨和骷髅，谁有这胆子去胡乱触摸？

四面八方上下左右都是人骨，在里面游荡的我忽然有瞬间的失神，竟然忘了这里到底是什么地方，直到看到窗口的那个十字架，才回过神来蓦地记起这里是一座教堂，而不是误闯了什么墓穴或是祭神的地方。

或许是慢慢习惯了的缘故，看着看着心里倒越来越平静了。其实排除恐惧的因素，这个人骨教堂确实与众不同。在这里看到的一切，我们能感受到人的生死回归到了原本的平等。人们生来的地位或许有高贵有卑微，但都是一样赤裸地来到这个世界，不管生前是贫穷还是富有，最终都是一样平等地去见上帝。

层层叠叠堆积成塔的人骨冢令人相当震撼，这样的人骨冢一共有四个，教堂一侧有用人骨拼成的Schwarzenberg（施瓦曾伯格）家族的族徽，代表着这个奥地利家族在1597年Raad（拉德）战争中对土耳其所取得的胜利。之所以有这个标记，那是因为Schwarzenberg家族后来买下了这间教堂，又对其进行了整修。

HING FOR THE
ST MEMORIES

处于这样的环境和气氛下，心中总会产生比平时更多的感慨和欷歔。人类自有文明之后，一直竭力人为地创造出个体与个体之间的区别。不同的社会地位，不同的思想，不同的阶级，不同的宗教，以及建立起国家、文化的概念，就是为了在人与人之间划分界限。可是我从这些人骨上，已看不到任何的区别。人类之前的努力，在肉体消亡之后就全部消失了，一切都回到了原点。

无论贫富贵贱，死亡之后就要平等面对上帝身临其境的感觉，是难以用语言描绘的。此时此刻，我只感到了一种神圣的肃穆之美。生命来自于神，死后将一切归还于神后重回神的怀抱，这也是生命的奇妙之处吧。

不知不觉一回头，发现身边的人都出了教堂，我心里一激灵，也慌忙出了教堂。在教堂入门处还有一个售卖纪念品处。这里的纪念品比吸血鬼城堡还要刺激百倍哦。没错！这里出售的就是大大小小的骷髅仿品！什么尺寸都有，总有一款让你满意。

那个，哎哟喂，客官您要带颗骷髅头回去吗？

最后还要提醒一下，在教堂外面拍照时可要千万小心，那些墓碑是不可以拍进照片里的哦，不然的话，听说那些鬼魂就要跟着你吃香的喝辣的喽。

卷二

SEARCHING FOR THE LOST MEMORIES

中东浅行

中东，长久以来似乎一直被蒙上了一层神秘的面纱。迷人的异域风情，悠久的历史，灿烂的古代文明……我对这片土地早已神往，这两年趁着假期也游玩了中东地区的几个国家。因为某人对中东地区不是太有兴趣，所以有几个国家我都是独自前往的。现在想起来蛮佩服我自己的，不过旅行有时就要凭一股冲动的，不是吗？

Part13

土耳其的后宫(上)

土耳其的伊斯坦布尔，作为罗马、拜占庭和奥斯曼的三朝旧都，自然是我的旅行计划里不可或缺的重要目的地。当出租车经过那些我已经在图册里看过无数遍的索菲亚大教堂、蓝色清真寺和托普卡帕老王宫时，当时我心里那个激动啊，这么多的历史遗迹一下子同时出现在眼前，实在是太奢侈了！

我订的是一家在托普卡帕老王宫附近的四星宾馆，房间不大但服务周到，最重要的是距离这些景点都只要五到十分钟的时间。在出发前某人是那个不放心啊，只差没躲在墙角咬手绢了。谁叫他没有假期呢，所以只能眼睁睁看着我一个人去逍遥快活喽。不过这次没有告诉爹妈我是单人行动，怕他们担心。以前去埃及，也是等回来以后才告诉他们我是一个人去的。为了让某人也安心，我答应只待在伊斯坦布尔，其实真的好想去赫梯国的首都哈图萨斯遗址，我甚至连路线全都找好了……看来只能等下次有机会再去了。

踏上伊斯坦布尔的土地，我迫不及待想去的地方就是托普卡帕宫（Topkapi palace），因为，那里有传说中苏丹的后宫。后宫，这个名字是那么香艳又充满传奇性，古往今来，多少文学影视作品将这里渲染成了一个无比神秘诱人的禁地。这里有无数绝色的异国美人，有帝王与妃子浪漫的爱情故事，有宫廷深处的阴谋诡计……想想都令人热血沸腾、激动万分。

第二天，我差不多是掐着开门时间赶到了托普卡帕宫，从宾馆走过去真的很近，不过有那么点儿路盲的我一开始还是走错了方向，幸好后来问了人才走对方向。

奥斯曼土耳其帝国的苏丹穆罕默德二世终结了拜占庭帝国之后，将君士坦丁堡改名为伊斯坦布尔，并建造了这座具有奥斯曼风格的宫殿Topkapi palace。当时这位年轻的君王年仅21岁。攻下君士坦丁堡时，他还即兴吟诵了两句波斯的诗歌：蜘蛛在帝国的宫殿里织下它的丝网，猫头鹰却已在阿弗拉希阿卜的塔上唱完了夜歌。听起来非但没有得胜的欣喜若狂，反倒有些淡淡的惆怅。只可惜这位雄才大略的君王，最后是被自己的长子毒死的。

从15世纪到19世纪，托普卡帕宫都是奥斯曼帝国的中心。曾经有25位苏丹在这里居住过。经过最外面的帝王之门，就进入了王宫的第一庭院。在奥斯曼时期，宾客到了这个庭院就要下马，然后才能进入第二庭院，只有苏丹才能骑马从这里长驱直入。当天因为去得早，再加上不是旅游旺季，所以暂时没有太多游客和旅游团，我有机会能细细品味其中的美妙。

122-123>

SEARCHING FOR TH
LOST MEMORIES

进入第二庭院，就能见到显眼的后宫入口。想要参观这里，当然得另掏银子购票。不过既然都到了这里，哪里还会在乎这些额外支出呢？本来就是冲着它，才一个人跑来土耳其的。我毫不犹豫地买了票，怀着兴奋又紧张的心情踏进了传说中的后宫。

映入眼帘的是带着伊斯兰传统花纹的伊兹尼克瓷砖。这个一进门就能看到的地方叫做浴泉殿，是因为当时里面有一个喷泉而命名的，如今已见不到这个喷泉的踪影了。墙边的坐板可供守卫们临时休息。

穿过浴泉院，就是宦官庭院。苏丹的后宫里也有宦官，据说还是从咱们国家学来的，不过据说那一刀割过后的消毒方法有些恐怖，就是把人从脖子到脚埋进露天的沙地，凭借那些被太阳烤得滚烫的热沙来灭菌。这种消毒方法下的存活率可想而知，看来在奥斯曼后宫做宦官，一点儿不比中国古代的宦官轻松啊。

当时的宦官基本全是黑奴，大多是战俘或者来源于奴隶市场。据说这样就算是有漏网的宦官，万一宠妃们和他们有染，那生下的孩子也无法抵赖喽。这一招可真是高明！不过别小看了这些宦官，在奥斯曼帝国，宦官总管的地位仅次于苏丹和宰相，可谓是两人之下万人之上。不仅如此，总管可以随时觐见苏丹，有权干涉国家内部政务，甚至还掌握着守卫首都的部分军队。

得了势的宦官总管，即便是宠妃和太后也不敢轻易招惹他们。至于宦官总管和后妃相互勾结的戏码，那精彩程度绝对不逊色于中国的后宫。

走出了宦官庭院，分别有狭窄的三条通道通向三个主要地方：太后的住处，女奴的住处和苏丹的住处。通往苏丹出处的通道也被叫做黄金之道。据说每逢节庆时，苏丹会在这里抛撒金钱犒赏他的妃子们。不过历史学家对这个说法还是存有怀疑的。想想也是，若是中国皇帝在这种地方撒金子，花枝招展的后妃们抢钱抢得头破血流，这成何体统。

在这条黄金通道上，趁着没有人，我很神经地反复走了好几次，拼命想象着当初苏丹经过这里到达宠妃住处的体会，揣摩着他的心情，构思着我小说里的情节，那种没人打扰的创作感觉真是太棒了。真是感谢上帝，这座美好的宫殿被如此完整地保存下来。

当看到女奴们的住处时，我有点儿小小的失落。没想到这里这么狭窄、这么压抑，可供她们活动的场所也太小了。与此相比，似乎是在中国的故宫里做妃子环境更好一些吧，至少还开阔些。苏丹的后宫女人真是可怜，如果不得宠，在这种环境里很容易患忧郁症啊。在这深宫里，又曾有多少阴谋上演，又有多少异国美人郁郁而终呢？

每一年都会有来自世界各地的美女们被送进后宫做女奴，在宫里接受文学、音乐等各方面的教育。后宫定期组织这些女奴举行各种比赛，有的女奴会在比赛中脱颖而出，成为苏丹的宠妃。在帝国的鼎盛时期，后宫里的女奴人数最多达到了几千名。据说，当时苏丹最喜欢的是来自北高加索地区金发碧眼的白肤少女。

128-129>

接着就到了皇太后的宫殿。毕竟是苏丹的亲娘，她的待遇就完全不同了。皇太后毫无疑问是后宫之首，有参与部分政事的权力，有时甚至还能代替苏丹作出一些决定。

当时的奥斯曼帝国没有长子继位的传统，任何一位王子都有可能继位。所以能将其他对手都PK掉，在一片腥风血雨中杀出重围的太后，自然也不会是泛泛之辈了。穆罕默德二世曾经颁布了一条“杀害兄弟法律”：朕的子孙中继承王位的那个人，有权处死他所有的兄弟。由此可见，当时的宫廷斗争是多么残酷无情。能当上皇太后也绝不是件容易的事。

所以在当时，所有后宫女人的终极目标只有一个——成为皇太后。不过，这个目标完成的难度恐怕不亚于魔兽游戏通关。首先要在美女如云的后宫里被苏丹看中，然后还要好运地怀上孩子（必须是儿子），接着要拼尽全力闯过一关又一关，解决一个又一个实力强劲的竞争对手，最终将自己的儿子送上王座。每一步都需要机智、运气和奇迹，缺一不可。能够达成这个终极目标的女人，不能不令人万分佩服。

皇太后宫殿的色调要明快温和很多。墙壁上的绘画明显带着18–19世纪西欧的风格。宫殿的一角还有用假人布置出后宫场景，由此也可以看出当时后宫贵妇的穿着。

SEARCHING FOR TH
LOST MEMORIES

以前在欧洲的古代王宫里参观，发现总是很难找到沐浴和如厕的地方，即便华丽奢侈如凡尔赛宫，也毫无浴室和厕所的踪影。一想到历史上那些关于凡尔赛宫的王室成员如厕事迹，比如因为宫里没有厕所，王太子不得不在壁炉里解决……我觉得胃部都有点抽搐。但是作为一个土耳其浴流行至今的国度，托普卡帕宫里的浴室和厕所绝对是不可或缺的。据说整座王宫一共有48间浴室和8间厕所。专供苏丹和太后享用的浴室就更是讲究，上等大理石筑成的盥洗池和镶金的龙头显示了当时的奢华，挡在浴池前的金色栅栏则是为了避免苏丹或太后在沐浴中被袭击。

如果以卫生条件来评选宫殿的话，托普卡帕宫算得上是数一数二了。

Part14

土耳其的后宫(下)

RCHING FOR THE
OST MEMORIES

位于后宫内的帝国大殿又叫做黄金屋，拥有后宫建筑最大的圆穹。看这个华丽程度，就知道这不是个普通房间了。一般比较大型的活动，例如宗教庆典，王室婚礼都会在此处举行。居中气派的王座是德国的威廉二世皇帝送给苏丹的礼物。在这么庄重的地方出现一个盥洗池，自有它的妙用。当苏丹和亲信密谈时，池子的龙头会被打开，流出的水声自然就是最好的掩饰了。

据说在某块镜子后面有一道秘密的门，在非常时期就作为苏丹的安全通道，有什么风吹草动可以神不知鬼不觉地撤离。殿内还有一道门，是可以直接通向太后寝宫的。

走出帝国大殿，就能看到一个墙面上绘满了形形色色水果的房间。这个房间有个可爱的名字——水果房间。鲜艳明快的色彩总算是为这沉闷的后宫增添了几分亮色。当年那些娇媚的妃子是不是也曾经在这个水果房间里吃着水果，度过她们漫长又难熬的寂寞时光呢。

左转右转之下，很快就来到了双子宫，这里是王子们学习和生活的地方。苏丹为了挑选自己的继承人，就将自己的适龄儿子们都安排在这里，由专人教他们习字作诗。房间看起来也不是很宽敞，甚至还有点儿压抑的感觉。可见正值青春年少的王子们在这里的生活是多么枯燥乏味，怪不得听说有一位苏丹在这里生生被逼成了著名诗人。成年后，王宫也会给王子们安排过了生育年龄的宫女，但如果宫女还是怀孕了，生下的孩子就要被绞死。

和充满幽怨的女奴住处相比，这里恐怕也好不了多少。

不过比起这些王子和妃子，在宫里还有一群更加悲哀无奈的人。之前提过苏丹穆罕默德二世曾经颁布了一条“杀害兄弟法律”，他继位之后残忍地杀死了自己的19个兄弟，然后等他去世之后，却只留下了两个年少的儿子。如果杀了其中一个，那么当苏丹的这个万一有个三长两短那该怎么办？帝国岂不是没有继承人了？

在这样的情形下，杀害兄弟法律的规则变得圆滑，继任的苏丹开始用软禁的方法来代替杀戮。这些苏丹的兄弟们在牢笼中醉生梦死，浑浑噩噩度日，他们虽然被允许娶妻，但妻妾所生的孩子都会被当场杀死。

138-139>

太子宫殿一出来就是宠妃宫殿。有点儿奇怪，这两个地方竟然相距这么近。这里的宠妃宫殿和之前的那个女奴住处不同，住在里面的都是受苏丹宠爱的女奴。在后宫中，女奴的品级相当繁复，当然比起我们中国皇帝的三宫六院还是逊色不少。

当普通女奴受宠之后，就会从女奴住处搬到这里，拥有自己单独的房间和奴仆。这时她们应该是没有名分的，只被称做幸运受宠的人。比较高品级的女奴称为夫人，夫人这个品级最多可以有四人，四人中最高级别的叫做首席夫人。如果夫人怀上了苏丹的骨肉，那么她的品级自然再提高，但这还不是最终的称呼。只有她的孩子被确认为是王位继承人，她才会被冠以最高级别的尊称Haseki（哈塞基），也就是未来的皇太后。其实自穆罕默德二世后，因为奥斯曼帝国本身的强大，又防外戚专政，苏丹既不需要联姻举行婚礼，也没有什么王后之类的，所以再受宠的女人身份也只是女奴。儿子成为苏丹的女奴，自然就晋升为太后了。

直到苏莱曼大帝时代，终于出现了一名奇女子洛克塞拉娜。这就是历史独特的魅力了，它永远比文学影视更有戏剧性和意想不到的惊喜。苏莱曼的宰相在奴隶市场上买下了一位平凡的农家少女洛克塞拉娜，并将她送给苏莱曼，从此拉开了一场旷世之恋的序幕。这位历史上赫赫有名的君主完全被少女征服，不但将她的孩子立为继承人，还破天荒地和她举行了盛大婚礼，承认了她的王后身份，震惊了当时的穆斯林世界和整个欧洲。从现存的画像上看，洛克塞拉娜并没有特别的美貌，长相也只能属端正而已。后宫里什么样的美人没有呢？洛克塞拉娜能让这样一位伟大的君王拜倒在她的石榴裙下，在性格上必定有过人的魅力吧。从君王写给她的一首情诗节选中，或许能看出几分端倪，在君王眼中，她不但是妻子，是知己，是朋友，也是唯一懂他的人。

我寂寞壁龛的宝座、我的爱、我的月光。
我最真诚的朋友、我的知己、我存在的理由、我唯一的爱。
美人中最美的人……
我的春天、我面露欢快的爱、我的白昼、我的甜心、带笑的树叶……
我的绿树、我的芳香、我的玫瑰、这世上唯一不会让我悲伤的人……
我的伊斯坦布尔、我的卡拉曼、我安纳托利亚的土地。
秀发亮丽的我的妻、蛾眉弯弯的我的爱、眼中充满淘气的我的爱……
我会永远歌唱你的赞歌。

从后宫出来直接就到了第三庭院。之前因为看到后宫就冲了进来，压根儿没看清第二庭院有些什么，所以不得不再次折回第二庭院，看看有什么遗漏的景点没。说到这里，又要奉上在下的糗事一桩。当时在第三庭院的礼品店，我很兴奋地买了一本英文版详细介绍后宫的书，花了250块钱。结果因为太过激动，等晚上回到宾馆一看，呀！居然错拿成了法文版！法文对我来说和天书差不多，气得我……没办法，我就是这么粗心。结果第二天王宫还不开放，我只好等第三天一早，再次掏了100块钱买门票进了王宫，就为了换这本书。不管怎么说，总比重买一本书合算吧。

不过幸好去了第二次王宫，因为我之前居然漏掉了很重要的景点——第二庭院里的帝国议事厅。顾名思义，这里就是苏丹和群臣商议国事的地方。房间里面装饰华丽，柱子是早期奥斯曼的风格，墙壁的色彩则受到了罗可可式风格的影响。苏丹不像我们中国皇帝差不多得天天上朝，这里一般每周举行四次会议，讨论的无非是政治宗教和国民事务。

G FOR THE
EMORIES

从房顶悬落下来的这个小球象征着地球，在这里也有苏丹掌握世界权力的意思吧。

议事厅的上方还有扇金格子小窗，据说在议事前，苏丹就会在这个窗子后面偷听大臣们说些什么。如果有哪个倒霉的家伙敢在背后说苏丹的坏话，那就，哼哼，对不起了，到时给他们几双小鞋穿穿。

从第二庭院到第三庭院，一定要经过吉兆之门，据说从这扇门下走过的人都会得到幸福。而在以前，这里经常用来举办特别庆典，包括苏丹的葬礼也会在吉兆之门举行。第三庭院里以前有不少男侍的寝宫，他们是专门服侍苏丹的。和宦官不同，他们无须受那一刀之苦，在宫里学习音乐、绘画等各种艺术，如果表现出色的话可以成为苏丹的私仆心腹，甚至还可以成为官员。

142-143>

不过这里最惹人注目的是一排服饰和珠宝展示厅。据说，这里王公贵族穿过的服饰有2500件之多，其中最为珍贵的就是历任苏丹们的龙袍了。除此之外，还有各类价格不菲的宝石首饰和贵重器皿，以及苏丹的黄金战盔和相当有名的托普卡帕匕首。这把传统的阿拉伯短刀上镶嵌着三块巨大的翡翠，据说是当时准备送给波斯皇帝的国礼。遗憾的是这边还未将匕首送出，那厢波斯国王就被人暗杀了，所以这把匕首就被留在了伊斯坦布尔。至于那些华丽丽的珠宝，件件都晃得我眼花，全都是那么大块，那么闪亮，尤其是这里的镇宫之宝——一颗86克拉的钻石，我怕在那前面站得太久会流口水啊……不过面呈痴呆状的人可不只我一个，只要是女性在那里一站，都……你们懂得。

只可惜这里不能拍照，不然就可以将这些珍宝的照片一一送上了。

从大厅出来时，看到了一群漂亮的土耳其花姑娘。土耳其临亚欧交会处，比起沙特等地的穆斯林，已经开放了不少。女人的爱美之心是无法阻挡的。在遵循教义的同时，这些爱美的穆斯林女子只能通过色彩缤纷的头巾来表达自己的爱美之心。

当然也不能忘了另外一些长期居住在王宫里的“主人”。这些猫咪在古老的王宫悠闲地晒着阳光，让人不由得羡慕它们的慵懒生活。

第一天因为忙着看景点，所以在第四庭院看到这个咖啡吧也没时间坐下。第三天趁着去换书，我就在那里点了一份石榴汁和一份水果沙拉，坐下来晒太阳看风景。当然，看风景并不是便宜的，这么一点儿东西也花了我100块钱，不过还是很值得哦。

晒着伊斯坦布尔的阳光，遥望博斯普鲁斯海峡。

这一刻，真是觉得惬意无比。一个人的风景，一个人的自由，一个人的潇洒，一个人的幸福。

人生得意须尽欢。

然后，我就这样晒了一上午的阳光。没人打扰，没人催促，把时间全部交给自己。

这也是一个人旅行才能带来的快乐吧。

游览完毕走出后宫，回首望去，恍如隔世。这一刻，自己仿佛还没有从奥斯曼时代里神秘香艳的禁宫故事里抽身而出。遥望着这些古老的建筑，很是有种物是人非的惆怅。

古来万事东流水。

Part15

和棺材的亲密约会

除了托普卡帕老王宫外，伊斯坦布尔还有一座多尔马巴赫切新王宫，这是奥斯曼帝国第31任苏丹阿布杜勒•迈杰德于19世纪中叶修建的，完全承袭了当时欧洲最为时尚的罗可可风格和新古典主义风格。比起这座完全欧化的王宫，我个人更喜欢老王宫。只有在那个充满伊斯兰文化的古老氛围里，才更容易令人对奥斯曼帝国的神秘后宫想入非非。不过既然来到了伊斯坦布尔，我还是去走了一趟。说实话，欧洲的王宫我已经看过太多，所以对这种类似风格无感了。论奢华，不及法国凡尔赛宫；论精致，不如奥地利的美泉宫；论大气，不如德国巴伐利亚王宫。摈弃了自己的风格和文化，一味照搬欧洲时尚，似乎就缺乏了一些个性方面的美。

作为一个博物馆控，对我来说，比新王宫更值得一游的自然是伊斯坦布尔的东方考古博物馆。博物馆就位于老王宫的隔壁，不过人气就远远没有王宫那么高了，如果是旅行团，多半会忽略掉这个不算很起眼儿的景点。早上十点多我逛到那里的时候，几乎都没什么人，相比较游人如织的老王宫，这里的确是冷清了一些。这才合我心意，人少最好，正好能让我安安静静地好好欣赏那些宝贝呢。到那些知名度高的博物馆里参观时，最怕见到一大群人在导游带领下唧唧喳喳喧哗而来呼啸而去。

这里主要由三部分组成，分别是考古博物馆、古代东方博物馆和伊斯兰艺术博物馆，共收藏了一百多万件文物。其中不乏各个时代的珍品，比如埃及法老拉美西斯二世和赫梯帝国签订的卡叠石和约楔形文字板、亚述王的方尖碑、亚述古城墙上的浮雕、巴比伦伊什塔尔门的琉璃砖、摩索拉斯王陵墓的狮子雕像，还有大量古代赫梯国的文物。每一件听起来是不是都让人觉得心潮澎湃？

土耳其的前身就是古代赫梯国，所以能在这里看到这么多赫梯文物，我算是心满意足了。

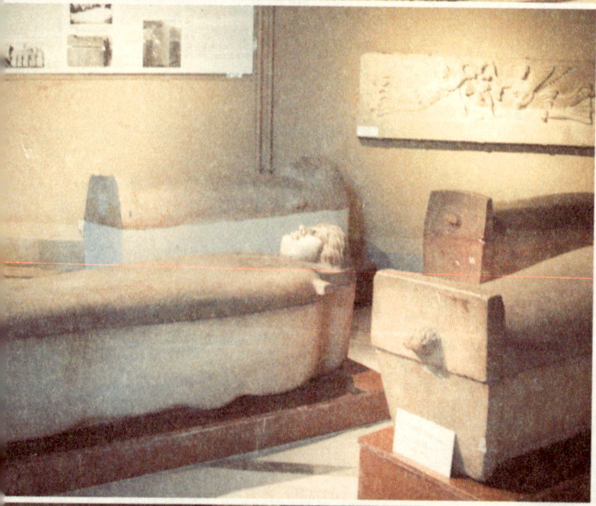

虽然博物馆里到处都是价值连城的宝物，不过能称得上镇馆之宝的，是那些古罗马风格的西顿石棺。

西顿就在如今的黎巴嫩西南，1887年，当地人发现了一处王室墓地，从而出土了大量华丽的石棺，其中最令人惊艳的要算亚历山大石棺。就算是对历史无感的人，或多或少也在影视作品中听过这位帝王的大名吧。

这具公元前四世纪的石棺上雕刻了亚历山大大帝率领军队大败波斯的战争场面，气势恢弘，每一个细节的雕刻都是那样精美。在亚历山大大帝一生的征战生涯中，这场发生在公元前333年的伊苏战争是一次相当重要的会战。当时波斯国的皇帝大流士三世被打得落花流水，逃得飞快，结果害得自己的母亲妻子女儿全都做了俘虏。

就在亲眼见到石棺的那一刻，我都有点儿不敢相信这真的是亚历山大大帝的棺材，要知道他是我最爱的古代历史人物之一。忽然觉得自己真是幸运，之前在开罗博物馆见过了拉美西斯二世的真身，此刻又能看到亚历山大最后的长眠之棺。

不过，也曾有历史学家质疑，这可能并不是亚历山大大帝的棺椁。因为当年亚历山大大帝病死于巴比伦，遗体被运回了埃及的亚历山大，他的棺材怎么会出现在黎巴嫩呢？这个嘛，我姑且相信这就是亚历山大大帝的棺材吧。其实吧，不管是不是他的棺材，这杰出的艺术品都算得上是人类文明发展中的无价之宝。

除了亚历山大石棺，另一座哭泣女子石棺也是很有特色。这个石棺据说安葬着西顿某一位国王。四周雕刻着十八位神情各异、姿态不同的女子，分别站立在希腊爱奥尼亚式神殿的柱子间，她们不是普通的女子，而是这位国王的妻妾。

本来博物馆里人就很少，棺材展厅这边的更是凤毛麟角，几乎不见人影。周围安静得很，只有我自己的声音。所以，当我一个人穿梭在这些棺材间时，尽管素来胆大，心里也不禁有点儿毛毛的。再加上又是开放式的展览，用亲密接触来形容可是一点儿都不夸张哦。

展厅里面空荡荡的，人都跑去哪里了？丝毫不被打扰地独享这一切，感觉真是不错。博物馆的展品还有很多，就不再一一介绍了。如果想要更多了解小亚细亚文明，那么来伊斯坦布尔一定不能错过这个博物馆。

伊斯坦布尔的索菲亚大教堂和蓝色清真寺都是知名度很高的景点，不过既然这本游记是记录下我觉得难忘的地方，那么相比之下，我倒是觉得略带诡异的地下水宫更符合我的恶趣味。

其实更贴切地说，这应该是一座大型蓄水池。如果整个宫殿里蓄满水，据说可以供伊斯坦布尔全城人喝上一个月，可见这座宫殿有多大了。不过，吸引我去那里看看的原因不是这个。在很久以前，我就听闻这座地下水宫里镇着传说中的蛇发女妖美杜莎。在希腊神话里，只要与她的双眼对视就会化做石头。这样的传说自然为地下水宫平添了几分神秘，也令我兴趣大增。

地下水宫离教堂并不远，但是入口相当不起眼儿，若是没有留意，就要和它擦身而过了。我捧着Longly planet（旅行指南）外加问路，才在一条小街上找上了入口处，在狭窄的小房间里购了票，就跟着几名游客慢慢下了楼，进入了宫殿。

地下水宫出现在眼前的那一瞬间，我感到自己就像是不小心闯入了爱丽丝仙境。希腊神殿中常见的科林斯石柱，高高挑起的穹顶……这哪里是什么蓄水池，根本就是一座雄伟的罗马式神殿。不，它比一般的神殿更具有特别的魅惑力，那阴暗落差形成的光影效果，映着粼粼水面，似梦境，似仙境，那种亦真亦幻的美难以用语言来形容。

这座地下水宫是拜占庭时期的朱斯提尼安大帝动用七千名奴隶修建的，距今已有1500年历史，当时的水是由城外森林引入水宫之中的。建筑宫殿所用的336根石柱，都是来自安那托利亚地区不同的神殿。这么浩大的工程要完成是多么艰难啊。在古代文明的建筑史上，处处能见到古代人民的智慧。

如果一个人走在水下宫殿中，多半会被吓到。昏暗的光线，巨大的石柱，细细的诡异的水声，整个感觉很虚幻很空旷，又夹杂着一些说不清的恐惧。清澈透明的水中还可见到有彩色鱼群游弋，仿佛是在这里居住了上千年的水中精灵，更为这座地宫平添了几分奇诡和鬼魅。

走到地宫尽头，果然见到了石柱底部的美杜莎。虽然对她颇有兴趣，但是在这样的环境和灯光下看着她，心里还是有点儿毛毛的。尤其是走近她，仔细看清楚她的面部时，我感到皮肤上的鸡皮疙瘩都起来了。只是和我想象中的美杜莎不同，这里的美杜莎似乎是有点儿发福了。

MEDİNE HURMA
JUMBO KAYISI
EXTRA BEYPAZARI

152-153>

Erikli

TARİHİ EMİNÖNÜ TURŞUCUSU
EMİNÖNÜ TURŞUCUSU

BISMILLAHIRRAHMANIRRAHIM

被侧放和倒放的两个美杜莎头像角度很是奇怪，难道这就是传说中的镇妖？其实当时这样的摆放角度引起了很多悬念和猜测。后来终于真相大白，原来只是因为建造地宫时，有两根柱子长度不够，必须在柱子底下垫个支撑物，美杜莎头像就这样倒霉地被选中了……

离开地宫时，我很惊讶地发现，这里居然还有喝咖啡的地方……喂，想要都被变成石头吗？

到了伊斯坦布尔，也别忘了去逛逛这里的大巴扎市集，那是购买当地特色礼物的好地方。再去海边感受下普通土耳其人的日常生活，沿着海边有很多类似大排档的地方，亲朋好友坐在一起吃些小吃，聊聊天，感觉也相当休闲呢。别看是这么平民的地方，人家那船还真有几分奥斯曼帝国的气势呢。同为穆斯林，伊斯坦布尔似乎更加开放一些，男男女女也能在同一张桌上吃东西。不过土耳其北部的库尔德人还是相当保守的，所以很多旅行书都不推荐单身女性独自前往那里。

在海边，最负盛名的小吃就是烤鱼包了。虽然我已经吃过饭，但看着这香喷喷的烤鱼还是忍不住流口水啊，想了想还是要了一个。因为鱼肉很新鲜，所以只要配上柠檬水和盐就可以了，简单就是美味。热腾腾的烤鱼包在手，赶紧咬上一口！

啃着烤鱼包，吹着海风欣赏美景，真是人生一大快事。也许这就是一个人行走的乐趣，自由，放纵，随性，就算我乐意看一天的大海也没人催我。

吃完烤鱼包，肚子实在是撑到了，可是走了几步看到模样诱人的青口饭（就是将米饭放入青口内再加柠檬汁），我又忍不住……尤其看到身边的美女一口气连吞三个青口饭，我再也受不了了，赶紧也买了一个尝尝。谁知刚一吃进去，我就被酸得连五官都扭曲了。摊主笑眯眯地还要再送我一个，我只能干笑着推辞闪人了。等过了一阵子走了老远，那股酸溜溜的回味倒是相当不错……

临近的桥上则是垂钓的好地方。望着不远处的清真寺，我忽然有种很奇妙的感觉。在旅途中，尤其是一个人的旅行中，我经常会产生某种——唉？我现在是在哪里？好像做梦，类似的错觉，那时那刻也是。

忽然就莫名其妙地激动起来，我的双脚可是踩在奥斯曼帝国的土地上呢。多少辉煌，多少荣光，多少传奇，都已经消逝在历史的长河中，唯有这经历了许许多多的建筑，还依然在默默注视着世事的变迁，宠辱不惊。

Part16

那些热情的土耳其男人

在来土耳其之前，就听说了这些突厥人的后裔对待亚洲女游客格外热情，比起埃及男人那是有过之而无不及，无论你是高是矮、是胖是瘦、是美是丑，只要是女性，来了这里就接受被热情搭讪的命运吧！当时我还不以为然，心想真要这样，就用对付埃及人那套就行了——目不斜视外加装作不懂英文。

结果来了之后我发现，好像很难用对待埃及人的那套对付他们。这是为什么呢?

其实我本来对土耳其帅哥的素质没有抱太大希望，谁知当我置身此地的时候才知道——我，错，了。土耳其帅哥的比例远远超出我的想象啊！而且或许是因为伊斯坦布尔处于亚欧交界处，使得那些帅哥具备了非常特别的混合气质，甚是养眼。

你们想想啊，当一位这样的帅哥在伊斯坦布尔的灿烂阳光下微笑着朝你说 “Hi!” 的时候，你忍心给对方一个冷脸吗?

第一天沿路就有人热情地和我打招呼，我都很礼貌地回应了。而且土耳其男人不像埃及男人，给点儿阳光就灿烂，一见有回应，有的就会上来动手动脚。他们有的只是想打个招呼，表示一下友好而已。有的就算想多说一些，只要你表示出不想继续，他们也会很礼貌地离开。

所以这点更让我为他们加分了。

参观完王宫后，我打算去下一个景点。因为这些景点都在一起，游览起来很方便。就在我准备过马路的时候，听到有人对我说，“今天索菲亚教堂关门，你知道吗?”

我朝旁边一看，咦? 第一天就让我碰到我喜欢的那型帅哥！个子高挑，容貌气质都很像意大利那一带的男人，笑起来的时候更是销魂啊。

我答了一句：“我知道那里今天休息，所以我打算去蓝色清真寺。”

他又说道：“那我带你过去吧，我对这一带很熟。”

我：……（蓝色清真寺就在马路对面啊，走过去只有半分钟。）

虽然这是个帅哥，不过我接下来要玩的景点太多，所以也没时间继续耗，只好对他说了一声我认识那里，就匆匆离开了。

不过那时没想到，第二天又会遇见他……

从清真寺出来后，我就去找拜占庭时期的水下宫殿。当我过马路的时候，一个土耳其男人走到我身边问我从哪里来，这回倒不是帅哥，不过我正想确认一下水下宫殿的位置，所以就顺便问了他一下。没想到这一聊就没完没了，我只能眼睁睁地看着红灯变绿灯、绿灯变红灯……不过这人的英文倒很好，原来他在美国待过一段时间，怪不得发音都蛮标准的。他说，“你看上去像个学生，能不能告诉我How young are you（你多大了）?”

“How young？”我所熟悉的句式是How old are you。

他笑：“对于女性，我觉得用How young are you提问更加合适。女人永远都是年轻的。你猜猜我有几岁了？”

这个男人太油嘴滑舌了，我笑眯眯地回了一句：“你几岁我就猜不到，不过你看起来一定不是个学生了。”

说完我就赶紧找了个借口闪了，再这么聊下去，都不知什么时候看到水下宫殿了。

午饭后去大巴扎和埃及香料市场逛，一路上搭讪者无数，他们的搭讪一般都是从"Where are you from?（你从哪里来）"开始，一听是中国就会兴趣大增。如果你答理他们，他们就会用自己国家的特产，比如苹果茶、樱桃茶来引诱你，说什么请你喝一杯什么的。当你回绝了之后，又会以无辜的表情看着你，对你说，"哦，你伤害了我的心。"晕啊，都是一个老师调教出来的吗！到后来，我听到Where are you from这句话都想揍人了，对于这种问题只好一概不理。结果在大巴扎门口有一个小伙子拦住了我，我正以为他又要问那些类似问题的时候，他彬彬有礼地来了一句："不好意思，我能问你一个问题吗？"

这个开场有点儿不一样，而且他的表情很认真，结果我还以为他真有什么事要问我，傻乎乎地还回应他，"什么问题？"

他笑，然后慢慢说出了那句话，"Where are you from？"

我崩溃了……

然后，接下来的搭讪者就好像和这个小伙子是同一个老师教出来的，问句都变成了“我可以问你一个问题吗？”接连被三个搭讪者以同样的句式折磨过后，当第四个搭讪者这样问的时候，我真的忍不住了。

所以，对话就变成了这样。

搭讪男：“嗨，我可以问你一个问题吗？”

我（翻白眼）：“Where are you from?”

这个男人没有想到我抢先说出了他的下一个问句，显然愣了愣，等他反应过来，我早闪了。结果我还听到背后传来他狡辩的声音：“不对，我不是问那个问题！！”

第一天，我还以为已经见识了土耳其男人的搭讪功夫，谁知第二天上的才是正餐，之前的都是餐前甜点而已。第二天去的是欧洲区，说实话我更喜欢历史区。就在我在最繁华的市中心购物大街上紧盯着橱窗里的甜点时，有人在旁边问我：“你是来这里的游客吗？”

此刻，我手里捧着一本走遍天下无敌的lonely planet，应该一看就是游客吧。

本来觉得这只是个无聊的搭讪者，但是因为留意到他有双黄玉色的眼睛，所以就和他聊了几句。他的英文也不错，自称目前一直往来于土耳其和南非之间做生意。他边聊边给我介绍周围的景点店家，也问了很多关于中国的事情。但是聊归聊，我的肚子问题还是要解决啊。正好听说这里有个吃海鲜的花街（别想歪了啊），我就向他打听了一下。于是，他很热情地带我去了那里，还介绍了几家据说是自己经常去吃的店给我。

那时候，我忽然怀疑他是个托儿。人是不是有时会这样呢，对于太过热情的帮助反而会有所怀疑。但是，接下来他的话又否定了我的猜测。他指着其中一家说，每次他回伊斯坦布尔都会来这一家，觉得这里会适合我。他想请我一起在这里吃个午饭。

我当然马上拒绝了，出门在外，尤其是单身女性在外第一守则就是，千万不要占小便宜。他又问我，能不能等我吃完再带我去附近好玩的地方，他保证在我吃饭的时候不来打扰我，就在外面等。

我倒有点儿不好意思了，只好说我比较喜欢一个人逛……好吧，是有点儿直接，但是也很有效。

下午就下起了小雨，等我回到历史区看完索菲亚教堂出来时，雨已经很大了。无奈，只好在附近的一家地毯店门口躲雨。就在这个时候，地毯店里走出了一个人，笑着

对我说：“进来躲会儿雨吧。”

我很是惊讶，没错，就是那个第一天遇见的帅哥！

我那充满防备的心理在见到帅哥时也没有松懈，然后就说了一句挺傻的话：“我……不买地毯哦。”

这里的地毯动辄就是上万，我可没有要买一条背回家的念头。

帅哥一个劲儿笑：“不用买。”

进了店里坐下后，他给我端来了一杯热乎乎的苹果茶。当时因为下着雨，店里没有客人，不过朝着街面还是让我有点儿安全感。而且不知为什么，这个男人并没有让我感到有危险。难道真是被对方美色所惑的关系？但是那杯苹果茶我没有喝。还是那句话，害人之心不可有，防人之心不可无。

接下来的聊天很愉快。他果然压根儿没和我提地毯的事，而是和我聊了很多关于土耳其的风俗，也谈到了土耳其的安全问题。因为之前我也听说过土耳其东部有亚洲单身女游客失踪，2002年还发生了台湾女游客在那里被虐杀的惨剧，然后我们就这个也聊了很久，他再三表示伊斯坦布尔相当安全。

聊了蛮长时间后，我留意到雨停了，于是想要离开，老赖在人家店里总不大好吧。

他忽然说：“能不能请你一起吃晚餐？我知道这里附近有奥斯曼风格的传统餐厅。”

我今天人品还真不错，一天两次有人请吃饭。不过，我知道这时最明智的回应就是拒绝。

他还不大甘心，又追问：“那么明天中午呢？”

“对不起，也不行。”

“为什么不行？只是吃顿饭而已。”

“因为——”我忽然想到了自己手上的戒指，于是在他面前晃了晃：“我老公会不开心。”

他（惊讶状）：“你结婚了？”

我（笑眯眯）：“对啊。我也该走了。谢谢你让我在这里躲雨。”

第三天又开始重复着第一天的情况……一路上，我也见到了不少其他亚洲姑娘被搭讪。

虽然无伤小雅，不过最后还是要说一句，不管是不是一个人旅行，出门在外一定要记住那句真理：害人之心不可有，防人之心不可无。

Part17

大马士革的荣光

阿拉伯古书中有云：人间若有天堂，大马士革必在其中。天堂若在天空，大马士革必与之齐名。四千年前的大马士革如何辉煌，我没机会见到，但能领略些许四千年后遗留下来的美丽，我已觉得此生无憾。

这次我们去叙利亚游玩，所订的酒店就位于直街（straight st），读过《圣经》的同学一定记得使徒行传里的那一章，扫罗（以后的保罗）在大马士革城里追捕基督徒时眼睛瞎了，有人牵着他的手进入了城。当时在城里有个门徒，主对他说："起来，到直街去，在犹大家有个叫扫罗的人，他正在祷告。"这段故事就是发生在这里，由此可见这条街的历史有多悠久。而大马士革的很多古迹主要集中在这一带。

直街两边是林立的商铺，主要都是出售地毯、银器之类的。其中有一家卖炒杏仁的特别好吃，临走前我们特地又买了几斤带回瑞典。狭窄古朴的街道很有感觉，只是时不时开过的汽车太破坏气氛。

大马士革在古代的时候由于地处丝绸之路的交通要道，也是伊斯兰教徒前往麦加朝圣的途经之处，所以当时城中有很多旅店，多数都集中在这条直街上。有的甚至一直沿用至今，还在继续作为背包客们的落脚之处。几座标有KHAN的房子就是由古代旅店改建的，其中有一座距今历史相当悠久的奥斯曼风格的古代旅店，外观看起来让人觉得更像是一处赏心悦目的景点。如果有机会在这里住上一晚，想必一定会留下难忘的回忆吧。

从直街辐射出去有许多四通八达的小巷，我很喜欢这样的小巷子。看似破旧的建筑里，却有一种岁月的静美，充满了生活气息，给人时光倒流的错觉。年轮飞逝，它们依然努力保持着原来的样子，只是一年比一年留下了更多沧桑的痕迹。到底能支撑到什么时候呢？谁也不知道。

164-165>

这次来大马士革入住的酒店是我之前在网上看中的，相当华美的奥斯曼风格建筑。既然来了这座古城，就要体会原汁原味的文化。太现代的酒店我没兴趣，这家酒店正合我意，且地理位置好，所以就把它作为度过结婚七周年纪念的地方。不过我真没想到某人居然瞒着我订了总统套房，虽然这里相对欧洲国家的总统套房价格要低些，但也让我好不心疼……

这座房子原来是位叙利亚贵族的私宅，之后就到了现在的老板手里，开酒店也就成了他们的家族事业。老板一家人都在这里工作，女儿负责前台，是个典型的叙利亚美人儿。

套房里摆放着叙利亚传统的珠母家具，当初在土耳其后宫里也见过不少类似的家具。香艳无比的床榻，令我不由得联想到了《一千零一夜》中的场景，这里不但适合结婚周年纪念，也很适合新婚旅行。最喜欢的就是套房中的浴室，四周都贴满了伊斯兰传统花纹的伊兹尼克瓷砖，如果在里面泡个澡，在热气腾腾的水雾中可能会以为自己穿越了呢。

当天晚上就在附近的餐厅吃了些，这家在大马士革算是很不错的餐厅的消费标准和瑞典的普通餐厅差不多。赠送的新鲜杏仁真是令人惊喜，味道相当爽口，有点儿像新鲜莲子的味道。我点了黑莓汁配烤羊肉，某人点了茄子Kebab，就是羊肉串，在中东一带非常盛行，如今在瑞典等欧洲国家也很有人气。好多国人喜欢把它的音译名叫成烤爸爸，听起来颇为搞笑。如果和爸爸一起去中东旅行，记得可别点这道菜哦。

吃完后，某人好像还没有完全饱，正打算再点些什么，餐厅里就及时送上了一大盆饭后水果和甜点。我和某人面面相觑，看来是不需要再点什么了……省钱喽！

甜点最上面的那个虽然形状不雅，但是味道超正，三角形的最为好吃，有一股很浓郁的奶味，一咬下去湿湿的汁水就出来了。本来中东点心都甜死人不偿命，我最多能吃两口，可是这家做得相当有水准，甜度适中，口感丰腴，就冲着这些免费的好吃点心，我们几乎每天都光顾这家餐厅一次。

环视四周，看到不少客人吃完饭后都在吸水烟，男女老少皆有。只见轻烟缭绕，但并不呛人。据说水烟起源于800年前的印度，后来开始在波斯流行，传到中东各国，大

概已经有500年的历史了。其实之前在埃及、土耳其等地，我也见过不少，可一直没机会尝试下，毕竟一个单身外国女游客坐在那里抽水烟，还是比较奇怪的吧。不过心里还是挺好奇的，这传说中的水烟到底是个什么味儿呢？这次是某人先提出了想要试试的要求，我也就顺水推舟，允许他点了一个苹果味道的水烟。中东国家的小店里售卖各种水果味道的烟膏，包装漂亮鲜艳，第一次看见时，我还以为那都是水果糖，差点儿买下出了糗。

学着他们的样子抽上一口，感觉好像没什么味道，再抽几口，隐隐有点儿苹果的香味了。

其实水烟味道真的不过如此，不过在这种环境下吸上几口，好像自己也融入这样略带神秘的氛围中了。此情此景，我想起了阿拉伯古代诗歌中的一段话：腾云驾雾间，水迷烟醉中，经典的时光恍若倒流，回到了遥远的过去。

不过在这里提醒大家，偶尔尝试一两次可以，多吸水烟有害身体健康哦。

Part18 萨拉丁的王国

ARCHING FOR THE LOST MEMORIES

说到大马士革，当然就不能不提到萨拉丁了。这位阿尤布王朝的建立者出生于1138年，和我喜欢的瑞典歌手Darin（达林）一样，都是来自伊拉克的库尔德族。伟大的萨拉丁苏丹在对十字军的圣战中收复了耶路撒冷，统一了伊斯兰帝国，成为阿拉伯历史上赫赫有名的传奇帝王。他让叙利亚变得强大，为了纪念他杰出的功绩，人们特地建立了一座萨拉丁的青铜雕像，他的陵墓位于大马士革的倭玛亚清真寺旁。

铁柱上镌刻的玫瑰仿佛在诉说着古老的传说。这位赫赫有名的王者有着平易近人的好脾气和慈悲的胸怀。萨拉丁收复耶路撒冷后，不但释放了国王，还允许当地的基督教徒自由选择带着财产离开或是留下。而当初欧洲十字军攻占耶路撒冷后，三天内就屠杀了七万市民，萨拉丁的仁慈已经超越了那个时代。就连但丁在《神曲》中都称赞萨拉丁是一个伟大的人。他与英国狮心王理查一世之间的传闻更是令人浮想联翩，两人互为敌人，又惺惺相惜，战场上仍然保持翩翩骑士风度，本约定三年后再战，可最后还是没有实现这个诺言。萨拉丁病逝于大马士革，因为过于慷慨，他死时身边的财产居然还不够举办葬礼。之后，理查一世也因为箭伤死于伤口感染。如果不是生来就背负的无法改变的宿命，这两人或许会成为一生的挚友吧。

离开了那座雕像，我们继续漫无目的地往前走。比起那些名胜景点，我更喜欢随意地穿梭在大马士革的大街小巷，眼睛所看见的，处处是美丽的风景，处处都带着历史的诱惑。第一眼看起来似乎残破不堪，可是，越深入迂回的巷子，就越被它的各种姿态所吸引。况且这次还有某人作陪，还有什么比此时更幸福、更满足呢?

看着那些古老的建筑，我往往能胡思乱想很久。那里住过什么人，又曾经发生过怎样不为人知的故事呢?

熙熙攘攘的街道，未经修葺的旧房子，小贩们在沿街售卖着甘甜的椰枣和爽口的石榴汁，路旁的广告牌上打着各种颜色美瞳的宣传，其实阿拉伯女子的眼睛就算不美瞳，也很美了。

商店里的头巾也是五彩缤纷，严谨的教义挡不住阿拉伯女子的爱美之心。不过比起沙特、卡塔尔这些海湾国家，同为阿拉伯国家的叙利亚就要宽容得多了。除了头巾外，甚至在橱窗里还能见到比较香艳的内衣款式。别看阿拉伯女子在外包得严严实实，在家中可是极尽诱惑、风情万种呢。

176-177>

大马士革城里最负盛名的景点要数倭玛亚清真寺了。这座清真寺是因为阿拉伯人建立的第一个王朝倭玛亚王朝而得名。其宏大的规模在世界上排名第四，也是许多穆斯林的朝圣之地。前三座分别是沙特的麦加大清真寺、伊斯坦布尔的蓝色清真寺和埃及开罗的穆罕默德阿里清真寺。除了沙特没法去，其他几座我有幸都见识过了。

倭玛亚清真寺原来是古罗马的朱庇特神庙，从寺中这些科林斯柱上也能看出古罗马时代留下的痕迹。在拜占庭时期，它摇身一变成为圣约翰大教堂，一直到公元715年才完全改为清真寺。据说当时建造它，动用了叙利亚全国七年的税收。

清真寺前有个小广场，每天都有很多鸽子在这里散步，等待游人们的喂食。对面就是人气很旺的哈米迪亚市场。

寺中有三座宣礼塔，分别代表三种风格，最高的那是耶稣塔。据说世界末日来临时，耶稣会从那里下来作最后的审判。参观的时候，我留意到有清洁工人不停地清洗着广场和四周的大理石地面，光可鉴人，如湖面如琉璃，明亮得几乎能映出碧蓝色的天空。一进门，我就按照规矩脱下了鞋子，此时赤脚走在上面也沾不到一粒尘土。墙面上是用贝壳金沙和马赛克镶嵌而成的壁画，描绘了倭玛亚时代大马士革的情景。辉煌大气的建筑，映着清澈的蓝天白云，显得更加神圣无比，令人不禁从心底油然而生一种敬畏之情。

这或许就是宗教神圣的力量吧。

从世界各地前来参拜的人络绎不绝，当然游客占了很大比例。按照穆斯林的规定，女性进入清真寺不得露出头发和身体，所有女性游客必须先去隔壁租一套灰色长袍，将自己从头裹到脚才可以进入。我也只好入乡随俗，先到隔壁租了一套长袍，将自己裹了个严严实实，某人看我裹成了一个粽子，直偷着乐。

走进礼拜大殿，映入眼帘的就是当中垂吊下来的巨大水晶等，壁龛、讲坛、天顶无不精雕细刻，五彩马赛克镶嵌的图案更为这里平添了几分金碧辉煌。来自各国的信徒们三五成群坐在角落里，有的喃喃念着什么，有的默默祈祷，有的在这里稍作休息。

大殿里祈祷的地方分为男性区和女性区，并以铁链隔开。一位戴白帽子的人好像正说着什么故事，大家听得聚精会神。从罗马时代、拜占庭时代，再到倭玛亚时代，直到如今的叙利亚，这座清真寺在千年时光中穿行，宗教不停更替，不变的是信徒们内心的宁静。

殿中央一个镶嵌绿色玻璃的房间据说装着施洗约翰的头颅，是真是假就不知道了。但凡读过《圣经》的同学，一定觉得这个人名如雷贯耳。《马太福音》有记载，约翰抨击了犹太的希律王，但因为他威望太高，所以希律王不敢杀他。后来希律王生日时，他的女儿莎乐美在众人面前跳舞，让她的父亲非常开心，他便向神像发誓可以赏赐她任何东西。莎乐美就要了约翰的头颅，希律王不能食言，只好砍下了他的头颅。

THE TOMB OF CONQUEROR
SALAH ALDIN AL-AYOUBI
مقام السلطان الناصر صلاح الدين الأيوبي

在倭玛亚清真寺旁，长眠着阿拉伯世界的英雄萨拉丁。他的身边是德皇威廉二世赠送的空棺木。古书中曾记载，真主宠爱谁，就把谁安顿在大马士革。据说，萨拉丁最为喜爱的城市就是大马士革，这里作为他的长眠之处再合适不过了。因为里面不允许拍照，所以我们拍了个外景就脱鞋进去了。里面空间很小，感觉气氛很压抑。有不少阿拉伯人正围在那里，神情虔诚地低语着什么。据说有时还会有人失控哭泣，不过这次我没碰到。

如果萨拉丁眼见如今阿拉伯世界的动荡，不知会有怎样的感慨呢?

马克•吐温曾说过，“大马士革目睹了历史兴衰成败的帝国王朝，曾经看过上千个帝国风干了的尸骨”。如今这座有着4000年历史的古老城市，或许又要经历一次历史转折了。

Part19 被揍出来的冰激凌

184-185>

位于大马士革直街附近的阿泽姆宫（Azem），建于18世纪。这里曾经是奥斯曼帝国驻大马士革总督阿萨德的府第。阿萨德雇用大量工匠从巴达拉河引水入园，又从南部运来了不少罗马柱，花费了不少人力财力，才建成了这座具有奥斯曼风格的宫殿。

如今这座宫殿已经成为展现叙利亚艺术和传统的博物馆，对各国游客开放，让大家能从这里领略到更多的中东文化。

我们去的时候时间已经不早了，所以游客不算多。大马士革的各景点门票都相当便宜，基本都在人民币二十元左右。这里也不例外。如果有学生证的话，就更加便宜。

从大门进去，经过一道回廊就拐入有水池、鲜花和许多树木的长方形庭院。里面的建筑风格和土耳其托普卡帕老王宫有些相似。宫里的树木大多是橘子树和柠檬树，这里似乎特别适合橘子和柠檬的生长，柠檬长得特别大个儿，而且街上随处可见这两种果树。在叙利亚的民居中，如果有条件的话，中庭一定要建造一个以上的水池，有的甚至连房间里也有。因为叙利亚气候长年干燥炎热，这些水池主要是起到调节温度的作用。怪不得我们所住的酒店中庭也有一个类似的喷水池。

这座宫殿一共有四个部分：家人居住的地方、主人招待客人的地方、下人居住的地方以及沐浴和如厕的地方。虽然整座宫殿一共只有二十八个房间和三个地下室，但也算是分工齐全，面面俱到。相较当时大马士革城内的其他住宅，这已经算是相当豪华了。

CAFETERIA

到一个地方去旅行，挑选游客少的淡季是个明智的选择。既没有拥挤的人群，也无须将时间花在排队和等待上。记得之前旺季去希腊的圣托里尼，光是排队下山我们就花了珍贵的两个小时，我等得差点儿中暑。

趁着周围没什么人，可以在此静静重温下奥斯曼帝国的繁华。以四十五度角仰望天空，感慨一下岁月的无情流逝。不过说真的，在一月份这个季节去叙利亚挺合适的，气候温暖，游客又不多，买东西还价都容易一些。

宫里还有一些民俗展览，展示了当时叙利亚人的生活场景。比如怎样制作食物或是学习《古兰经》的场面，其中一个展示不同时期叙利亚人衣服的房间最令我激动，这些眼熟的服饰让我马上想起了以前看过的少女漫画。只可惜这个房间偏偏不能拍照，结果我趴在玻璃上死活不走的样子终于感动了管理大伯，同意让我赶紧拍两张。我激动得手一抖，拍得有些模糊了。

出房间的时候看到一群正在聊天的叙利亚少女，个个是眉清目秀的俏佳人。有几个小女孩更是可爱得让我忍不住想要抱上一抱，看来叙利亚出美人的传说还真不是乱盖的。

叙利亚在公元前64年被罗马吞并，在当时成了罗马帝国的一个行省，一时繁华无双。公元98年，人口曾一度达到了1000万。由于这个原因，叙利亚人融合了罗马人的血统，这里的人种较其他阿拉伯国家有所不同，是最为接近西方人的。有的甚至都看不出区别，所以叙利亚被称为是阿拉伯世界最盛产帅哥、美女的国家。当时在酒店里和老板女儿们说起这个，姑娘们都很自豪地点头，大方而骄傲地承认，她们是阿拉伯国家里美人中的美人。不过的确名副其实，短短几天里，我见到了不少帅哥、美女，尤其是有几个帅哥警察，简直就是惊艳！只可惜惊鸿一瞥，没机会拍下照片……

出了阿泽姆宫，就是著名的哈米迪亚市场。这是大马士革相当有名的一个购物扎巴，据说初建于罗马时代，至今还遗留着古罗马时代的大门。在这个处处能见到古迹的地方，我怎能不爱大马士革呢？简直有种老鼠跌进白米缸的狂喜。

حمام نور الدين الشهيد
61
حمام الناصري

市场里卖的基本上都是传统服饰、点心和香料花茶。在罗马帝国时期，来自中国的丝绸有很多就是通过这个集市销往罗马帝国的。试想一下当时的繁华情景，各国的商人在这里交流信息，到处都是琳琅满目的货物，耳边听的都是不同的语言，偶尔还夹杂着几句熟悉的乡音，中国人、罗马人、大食人……那种充满历史和生活气息的场景是何等令人神往。那美丽的丝绸说不定过阵子就会穿在罗马皇帝的身上……

店里出售的衣料华丽无比，令人想到了奥斯曼后宫的奢华。我看到一个日本旅行团对着猛拍，自己也忍不住拍了几张。话说，来大马士革的日本人真是不少，自由行的，跟旅行团的，到处都能看到。在清真寺里的时候，我们还认识了一个中文说得相当好的日本男生，我家那位超羡慕地问他怎么中文说得那么好。日本男生说是去西藏时，某个景点中国人免费，于是他就临时抱佛脚，赶紧学了点儿中文，就这么混了进去。这……只能用佩服两个字形容。

逛到口渴，顺便买了杯鲜榨石榴汁。这石榴汁可是我的大爱，每次去阿拉伯国家，这个是必喝的。酸酸甜甜，又有点儿小小的涩味。在大马士革这几天，我差不多每天都去买，算是过了一把瘾。

市场里除了各类商品外，居然还有个浴室。我当时肚子有点儿饿了，还以为是个餐馆呢，谁知闯进去一看，顿时傻了眼。出来后被某人嘲笑了半天。这也不能怪我啊，谁让这个浴室造得和餐馆那么像，我又看不懂阿拉伯文。

190-191>

如果抬起头看，就会发现市场顶棚上会让人有种星辰闪耀的错觉。那是1925年法国军队镇压叙利亚人民起义而留下的无数弹孔，没想到如今这些弹孔反倒形成了像万花筒般美丽的奇妙景象。我们去的当天正好是周五，我忘了星期五是穆斯林的休息日，结果好多商铺都没开。幸好酒店离得近，过了几天我们又去了一回。

接下来就要说到大名鼎鼎的bakdash（巴格达什）冰激凌店了，很多旅行指南里都会推荐这家店。据说连约旦国王到大马士革都要品尝这里的冰激凌，所以来叙利亚之前我已经馋了好久了！这家冰激凌店历史悠久，在19世纪就开业了，迄今为止还保持着当时冰激凌的口味呢。本来听说要排很长的队，可能我们去这天正好是休息天，又是旅游淡季，根本就不用排队，真是太幸运了！

在橱窗外，我们看到了令人目瞪口呆的冰激凌制作过程。男工作人员猛力捶打着桶里的冰激凌，然后将其拿出来堆在一起，那阵势和我们过年打年糕差不多。负责售卖的工作人员用力翻动着白色小山似的冰激凌，撬一团放在杯子里，再撒上碎碎的开心果仁和杏仁，样子相当诱人。不过，这到底是做冰激凌还是做年糕啊？冰激凌被猛揍一顿后变得相当黏稠，所以才有小山这样的效果。可想而知，这冰激凌里的原料是多么丰富和醇正了。

而且这里卖冰激凌的工作人员拽得很，你根本没机会挑选冰激凌的口味。他收了钱后，给你什么口味就是什么口味，所以想要吃到自己最喜欢的口味是要看运气的哦。我去吃了两次，拿到的都是牛奶口味，没有吃到传说中的芒果味、菠萝味、巧克力味什么的。

迫不及待地往嘴里塞一口，浓郁的牛奶味顿时充满了整个味蕾，果然是值得排长队购买的美味冰激凌，说是叙利亚最好吃的冰激凌也不为过！

除了冰激凌外，店里也出售其他甜品，有的看起来像冰奶酪。可惜没尝，现在想起来又后悔了。而且在店里我发现了一个奇怪的现象，吃甜品的客人里，男性占多数，女性可算是凤毛麟角。难道这里的男人比女人更爱甜品？

走进大马士革的这片古城区，恍若走进了《一千零一夜》的世界里：街上人来人往，清真寺传出来的祈祷声在空气中回荡，手工艺人细心敲打着精致的银器，首饰店橱窗里摆放的阿拉伯风格项链夸张又华丽，餐厅里烤肉的香味四处弥漫……当我差点儿迷失在错综复杂的古城中时，蓦然发觉这里的每一片瓦砾、每一寸土地，无不蕴藏着几千年的古老传奇。这一刻，我相信，这真的是一座天堂里的城市。

从餐厅的窗口往外望，对面正好是一座东正教教堂，戴着高帽的犹太人忙着进进出出。在悠长的岁月里，宗教也好，文化也好，经历了血与战争，终于迎来了玫瑰与和平。到了最后，只能以宽容的心态接纳彼此的共存。

蔚蓝色的天空，金黄色的橘子树……窗口的风景犹如一张明信片时刻提醒着我，这是在大马士革。这不是做梦，这是真实的。还能比这更让人感到幸福和感动吗?

这一刻，心情是如此平静，只有感恩与满足。

Part20

阿联酋的奢华

说起阿联酋，大家首先想到的或许不是什么景点，而是那几家名声如雷贯耳的豪华酒店。我等普通百姓为了开开眼界，长长见识，到阿联酋旅行时差不多每家都去溜达了一圈。除了帆船酒店需要提早预约下午茶才能进去，八星级酋长宫殿酒店以及亚特兰蒂斯酒店都是畅通无阻。

因为有个瑞典的朋友正好在迪拜，所以趁着有免费住宿的机会抽空飞了趟阿联酋。那天从瑞典出发，经由巴黎转机到达迪拜的时间正好是早上九点，很轻松地出了海关后，打了辆出租车就到了朋友家。朋友家就位于新迪拜的一处别墅区内，环境怡人，和棕榈岛、帆船酒店以及有名的Souk Madinat Jumeirah（朱美拉露天市场）的距离都并不是很远。

虽然这次我也是单身一人前往中东地区，不过有朋友在那里就安心多了。而且阿联酋的大环境还是比较宽容的，毕竟这里的外国人不是一般的多。在迪拜，到处都是前来淘金的各国打工者，外来人口占了这座城市总人口的四分之三，本地人反倒成了稀有生物。当然，如果是一对情侣到这里旅游，还是要有所顾忌，当街牵手或是亲吻都是不被允许的哦。就在我来之前，正巧听说有一对英国情侣因当街接吻，被风纪警察带回了警察局。

在国际上，迪拜的名气可不小，而且总是伴随着令人咋舌的消息出现在大家视线里。比如，什么全黄金、全白金奔驰车，什么世界第一高楼……其实论富有程度，作为首都的阿布扎比要更胜一筹，毕竟这才是真正出石油的酋长国。但是它比迪拜低调得多，知名度也没有迪拜响亮，真正的深藏不露。也许是因为知名度不高，所以网上关于它的旅游介绍并不是很多，最为人熟知的就是那座酋长王宫酒店了。

一大早，我就打了个车到了迪拜汽车总站，从这里坐大巴到阿布扎比大概是两个半小时，票价差不多是人民币20元，又方便又实惠。而且尝试坐一下这里的大巴，更深入地接触当地人的生活，不是也很有趣吗?

محطة سيارات الاجرة

在阿联酋的公共交通工具上，男女是不能坐在一起的。为了照顾女士，前几排位置都是留给女士的，而男人们只能坐在后面。车上人不是很多，我也挑了前排一个位置坐了下来。坐在我前面的是一对泰国情侣，司机大叔先示意男女不能同坐，结果小伙子不理。大叔也不开车，就一直恶狠狠地盯着他们，最后小伙子实在受不住这么凌厉的眼神，只好乖乖坐到后面去了。以前总是听人说阿拉伯女人没有地位，其实这也是仁者见仁，智者见智。在当地的商场里，我就看到不少白袍哥哥推着婴儿车，帮老婆大人拎着大包小包的战利品。而且在这里几乎见不到阿拉伯女人从事服务类的工作，这也是阿拉伯男人所不允许的。其实怎么说呢，任何一种文化，不管我们是否能够接受，都不能一味否定和轻视，而应该给予起码的尊重。我们可以不接受，但我们一定要学会尊重它。

200-201>

在晃晃悠悠的大巴中度过了两个多小时后，终于到达了阿布扎比车站。我出车站就打了辆出租车，想先去看看在地图上发现的一处古迹。在阿联酋开出租车的大多是印巴籍的打工者，这次的司机是个巴基斯坦小伙子，特别健谈，和我聊了一路。这次旅行我觉得自己的英语接受能力大大加强，什么印度式英语、泰式英语、阿拉伯式英语，全都一一打了交道。有的口音太重，我实在是那个吃力啊。有一次最好玩，某位印度司机和我说了好几句话，我愣是一句都没听懂。结果那司机极其诧异地又说了一句话，这下我倒听懂了。他说：天哪，你居然不会英语？我……好郁闷，居然被印度哥哥鄙视了。

这个巴基斯坦小弟的英文还行，一路上东拉西扯了一阵子。到了目的地，我们发现这个景点居然不开放。于是小弟问我接下来去哪里，我一时也想不到，肚子倒饿得咕咕叫，于是干脆告诉他，送我去酋长宫殿酒店，我想去那里吃饭。小弟很可爱，立刻说那里吃饭很贵的哦。我说难得一次嘛，我又不是天天吃。他想了想又说，那等下你干脆包我的车回迪拜好了。我自然不舍得，直截了当告诉他太贵了。小弟想了想又说，反正你在那里吃顿饭都比打车回迪拜贵，还在乎这些钱吗？我回答得极快：就是因为吃饭贵了，所以才更要省交通费啊。

小弟无语了，只好乖乖地将我送到酋长宫殿酒店。

我觉得很多人都会和我有同样的想法吧。花钱不是问题，但要看花得值不值得。如果自己觉得不值得。多花一块钱都嫌多，如果值得的话，在力所能及的范围内花上再多我都觉得开心。当然，这个值得是以自己的感受为标准的。

202-203>

曾经在旅游手册上看过酋长宫殿的照片，夜景可谓是华丽无双。白天的景致虽然稍微差了些，但那些阿拉伯风格的奢华建筑还是让我颇为心动。入口看上去很是气派，真让人有种误闯入了酋长的宫殿的错觉。

一进大厅，就看到有人在咔嚓咔嚓猛拍照片，金碧辉煌的穹顶用纯金造成，还用上了最新照明技术，无论何时看起来都是金光闪闪，永不退色。果然是阿拉伯式的富丽堂皇。听说建造这座酒店花了差不多30亿美元，号称全世界最豪华的酒店，光是施华洛世奇水晶吊灯就差不多有1000盏。

大略参观了一番之后，服务生向我推荐了几家餐厅，我选了从没尝试过的黎巴嫩菜。当时时间已经是下午两点，进餐的人不是特别多。我看了看菜单，觉得这里的价位其实也还好，比起帆船酒店还是便宜一些的。

我看着菜单点了汤、沙拉和主菜，正在翻看甜点的时候，旁边的帅哥侍应忍不住提醒了我一句：“女士，这些菜应该够你一个人吃了……”

被他这么一说，我都不好意思再点个餐后甜点了……

龙虾汤令人回味无穷，牛肉沙拉也不错，就是配菜的蘑菇全是生的。最后的主菜是烤羊肉。中东菜经常在牛羊肉里打转，这也和他们的民族习性有关系吧。这个时候我真感谢刚才那位侍应，再点的话我真吃撑了。

酒足饭饱之后出了酒店，夕阳已经下山，酒店前的喷泉颇为壮观，我一时忘记了自己正身处水比石油更贵的沙漠国家。

WELCOME CENTRE

比起酋长宫殿酒店，迪拜的七星级帆船酒店在国内算是高知名度了。听说每年来这酒店度假一掷千金的中国富豪可不是少数哦。因为在自己的小说里曾提到这家酒店，所以一直对这里非常好奇，这次来迪拜自然也不能免俗地想要看看。或许是因为人气太旺的关系，帆船酒店也端起了架子，一般情况下还不允许游客随意参观。想要进去一窥真容，除了住店客人外，就得预订那里的餐饮消费。早餐我起不来，晚餐我嫌贵，于是下午茶就成了首选。之所以选下午茶还有个原因，那就是喝茶的地方是在观景位置极佳的最高层——第27层skyview bar（天空酒吧）。为什么27层是最高层？那是因为这里的客房都是复式的，27层其实也就等于50多层了。如果只是为了参观，早上又起得来的话，还是选择这里的早餐比较合适。因为早餐是这里所有饮食消费中最便宜的，是人民币500元左右一位。

当预订完毕之后，酒店发给我一个confirmation code（确认码），到时要凭着这个才可以入内。顺便提一句，酒店有劳斯莱斯和直升机接送预订，不过这可都不是免费的……

当天中午到了帆船酒店的时候，正好下起了雨。说来也是奇怪，在迪拜的这几天碰到了好几场雨，临走的时候更是大暴雨。听朋友说两年来也就下了两次雨，正好都让我赶上了。下过雨之后，空气变得清新很多，也凉爽了许多。对于我这个超级怕热的人来说，也算是老天的一种照顾了。我去的时候正好是三月，天还不算太热。听说如果到了夏天，整个阿联酋就和个大烤箱没什么区别。

到了酒店门口，我给工作人员看了一下code（密码），工作人员才打开了门，然后就有一辆电瓶车将我送过了引桥，来到酒店的门口。一进大堂，侍应生立刻笑容满面地送上了巧克力。我打量了一下周围，哈，忙着拍照的游客还真不少。

酒店的柱子、墙面、门把手……无不是金光闪闪一片。据说就连厕所的水管都镀满了金子，看来真是一点儿也不夸张。酒店大堂的设计如同一枚半张的珍珠贝，和地上无比昂贵的波斯地毯相映衬，给人一种阿拉伯文化独有的神秘奢靡的视觉冲击。在沙漠国家，水都是极为珍贵的，但酒店大厅的喷水池里喷射着无数晶莹的水柱。在华丽的灯光映照下，恍若妖冶的肚皮舞娘扭动着柔媚的身躯。喷泉两旁是巨大的水族箱，各色珍奇的鱼儿畅游其中，让人感觉好像置身于海洋馆中。

我搭乘电梯直接到了skyview bar，因为到的时候人还不是很多，所以挑了一个不错的景观位置。从这里望出去，正好能看到一半是沙漠。一半是大海的奇妙景致。远处耸立的阿拉伯塔和其他建筑，看起来倒有几分像是海市蜃楼，让人有种来到未来世界的幻觉。

按照下午茶的顺序，首先上来的是法国香槟，随即是茶水。可供选择的茶有很多种，还有不少中国茶，包括我平时最喜欢的龙井。不过在这里我选了一款日本莲花茶。随即是一小碟莓子配奶油，然后是一架子小点心。看起来是典型的英式下午茶。整个架子也做成帆船酒店的形状，很可爱。这里的一套下午茶都是一样的，只是茶不一样，所以无论是一人还是多人，上来的都是这么一架子。要是我一个人都吃完，一定会撑到不能走。

因为我这位置选得好，后来有不少人还专门跑到我这边来拍照。

看着这样的风景，轻轻松松地享受一顿下午茶，彻底放松心情，觉得生活真是美好。脑海中不觉又想起了卡萨诺瓦的那句名言——人的一生，幸福与否，走运与否，都只能享有一次，谁不热爱生活，谁就不配生活。

Part21

阿拉伯的威尼斯

亚特兰蒂斯酒店就在棕榈岛上，从朋友家打车过去很方便。在迪拜当街拦车比较困难，一般都会通过电话叫车，这点和瑞典倒是蛮像的，不过车费比瑞典便宜许多。起步价低，差不多是6元人民币，但跳得相当快，一般去个商场之类都是在50元人民币左右。公车非常便宜，只要4元人民币。而且等候公车的地方都设有空调。现在有了地铁就更加方便了。

这家酒店据说花了15亿美元打造，不过就算是再加上个零我也不会太惊讶。迪拜，总是在不断挑战人们的心理承受极限，不断创造着一个又一个奇迹。他们的酋长大人曾说过，这个世界上没有人会记住第二名，所以处处要争做第一。

当天天气灰蒙蒙的，所以拍出的天空也很灰。不过这次我去这里不是为了看酒店，而是来这里的一个Mall（迪拜购物中心），听说有着非常棒的水族馆。

来迪拜之前我就听说在这里，车子的好坏不能判断一个人的身份，只有车牌位数才可以，位数越少越尊贵。听说酋长大人的车牌号就是0。可来了这里好几天，我连个三位数的都没看到。不过今天打车去亚特兰蒂斯的时候，一辆很酷的奔驰越野车从我们这边开过，我无意中看到了车牌，两位数——75！于是很八卦地想知道开车的是什么人，司机大叔正好加速超了那辆越野车，俺终于如愿以偿地看到了开车人，一个年轻的白袍哥哥，但模样就没看清了，因为只是一瞬间。

一位数是酋长，两位数好歹也是皇亲国戚了吧。

212-213>

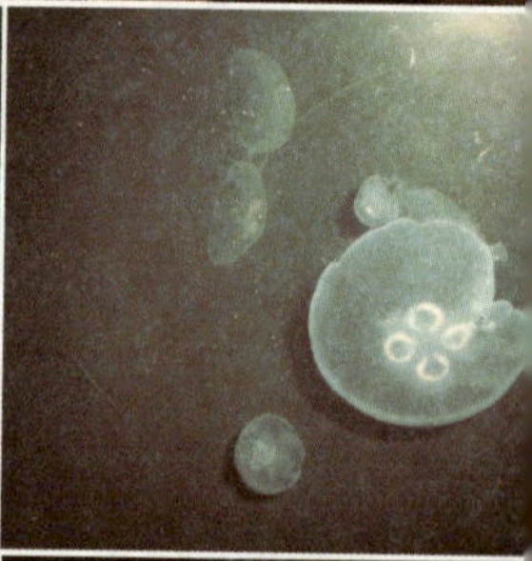

Mall里的样子和其他商场中心差不多，我一进去就直奔水族馆。原来我来的不是最早，门口已经等了一群学校的小朋友了。有时想想，在这里的小朋友挺幸福的，国家给他们创造了许多看起来不可能的事。在沙漠国家同样可以感受到滑雪的乐趣、溜冰的快乐，见识到各种各样有趣的事物。只要国家愿意，甚至可以复制任何一个城市的景观。

水族馆里的海洋生物品种丰富，最让人惊叹的还是整个馆的设计。那群小朋友很快就走没了影，偌大的水族馆好像只剩下了我一个人。说真的，一个人在这里逛还真有点儿毛毛的。直到我在阴暗的环境里边看边往前走了一段路，蓦地抬头才觉得视线豁然开朗。

传说中的亚特兰蒂斯莫非就在眼前？当那样奇幻的景致出现在我眼前时，我屏住了呼吸。我觉得这个水族馆最成功的地方就是它的主题创意，以及围绕这个主题创意的一系列周边设置和布景。破落的废墟，沉没的船只，是否让你想到了埋葬在大西洋下的神秘国度亚特兰蒂斯？

当天从亚特兰蒂斯回来后，时间还早得很，于是又去了另一个地方，也是我来迪拜后最为喜欢的景点Souk Madinat Jumeirah（城堡酒店）。这个购物场所位于帆船酒店的旁边，建筑风格带着典型的中东风情。而与它紧紧相连又风格极为相似的另一家五星酒店Al Qasr 也是我此行最喜欢的酒店，虽然知名度不及帆船酒店，但酒店看起来就像是一座古代的阿拉伯城堡，比起帆船酒店的现代化，这复古风无疑更令我心动。

酒店和集市之间，有一条人工河将它们连接起来，游人们可以坐着小船来往于两地。

沙漠国家居然也能有小桥流水的景致，怪不得要被称为阿拉伯的威尼斯了。碧玉色的河流，水波荡漾，岸上棕榈成荫，小船穿梭于古色古香的阿拉伯建筑中，恍忽间仿佛时光倒流，不知不觉走入了天方夜谭的传说之中。

逛累了的话就在古堡里喝上一杯咖啡，感受一下浓浓的阿拉伯风情。

市场里分布着许多小商家，售卖的商品琳琅满目，最多的就是阿拉伯的手工艺品。市场的穹顶都是原木雕刻而成，每一个小细节都带着浓郁的伊斯兰风格。

我在这里可是淘到了不少宝贝，有香精、首饰，甚至还找到了拓出来的阿拉伯古画，另外还买了好几盏阿拉丁神灯。地毯很可爱，可惜太大带不走，只好买了些体积小的，可以挂在墙上。购完物也饿了，在导游手册上看到这里介绍的一家波斯餐厅不错，我当然不能错过在这样的景致下享受一顿美餐啊。谁料景色是不错，不过这食物的味道实在不怎么样。最可怕的就是后来上来的甜点——冰激凌，我正是因为看到了波斯风味这几个词才毅然换掉了藏红花布丁，谁知……这真的是冰激凌吗？简直就是糖水冰冻冷干面！有史以来吃过的最难吃的冰激凌……

PERSIAN CUISINE

Part22

刺激的迪拜冲沙

RCHING FOR THE
OST MEMORIES

这次来阿联酋最为期待的户外活动就是冲沙了。之前看了不少别人的游记，感觉相当刺激又有趣。说起来到阿联酋也好几天了，整天看到的都是高楼大厦商场酒店，愣是没见着沙漠的影子，让我有种到底是不是来到一个沙漠国家的困惑了。

迪拜当地的很多旅行社都推出了这项活动，我挑了一家叫做阿拉伯之夜的公司。一般冲沙活动都会安排在下午，也有overnight，就是在沙漠上过夜的。本来我是想选后者，因为两年前在埃及沙漠里露天过夜的感觉实在是难忘。可是迪拜那几天总是下雨，颇为扫兴，我只好乖乖地选了当天来回。

下午三点多的时候，旅行公司的车子准时来接我了。这次我们的司机就叫穆罕默德，是个巴基斯坦的穆斯林小伙子，英文也说得挺流利。这个名字在阿拉伯实在是太常见了。和我同车的还有一家澳大利亚人，很爽朗的母亲和女儿。一路上我们聊着天，不知不觉就进入了沙漠。那位母亲还一个劲儿地问小穆，将来想不想娶四个妻子，他使劲摇头说只要一个，惹来大家一阵大笑。

或许很多男士对阿拉伯兄弟的这份“福利”羡慕嫉妒恨，可是真要娶上四个妻子，也不是想象中那么容易哦。《古兰经》有云：你们可以择娶你们爱悦的女人，各娶两妻、三妻、四妻；如果你们恐怕不能公平地对待她们，那么，你们只可以各娶一妻。也就是说，如果娶了四位妻子的话，必须要公平对待她们，而且要让她们每人都有独立的住所。对她们的待遇都是完全相同的，绝对不能偏心。其中一位妻子有什么，那么其他几位妻子也要有什么。光是每位妻子一幢房子，就吓退了一大半心痒痒的男士了吧。

所以啊，没有过硬的经济实力，想要娶四个妻子，那就只有两个字——免谈。

随着车子越来越远，两边的建筑逐渐被一望无际的黄沙代替，一切都从现代化的都市回归到本色的大自然之中。随着绿色渐渐退尽，位于迪拜和沙迦两个酋长国之间的LABAB沙漠就这样忽然出现在眼前，这是阿联酋最为古老的沙漠之一。千百年来，这片沙漠都不曾改变过它的容颜。岁月的踪影，就如同被风抚平的沙纹一般了无痕迹。遥想一下，在千百年前，又有怎样形形色色的人留下过自己的足迹呢?

今天参加冲沙的车子不少，十几辆越野车排在一起，看车身上的广告好像都是同一家公司的。我们的司机小穆摩拳擦掌，等着一展身手。我们几位再次检查了一遍安全带，以免等会儿被甩得东倒西歪。

冲沙的感觉真的很像坐过山车，最爽的就是失重的一刹那。小穆放着很有节奏感的阿拉伯音乐，很酷地耍着他的车技。车子一会儿以迅雷不及掩耳之势冲上沙丘，一会儿又以相当恐怖的角度向旁边倾斜，几乎像做特技般要贴着沙面而行，一会儿又从沙丘上

失控似的急速而下，简直比游乐场的过山车还要刺激百倍……只听到车内惨叫声此起彼伏，估计其他车上的情况差不多。这种随心所欲大喊大叫的感觉偶尔尝试一次也很过瘾。之前老爸老妈还担心我的哮喘，不过我说，我带着药没关系。不是有句话叫过把瘾就死吗？我可不忌讳这个，最重要的是要做自己想做的事，或许是因为我是不愿意被束缚的射手座的关系吧。

在这样艰难的情形下，我还是赶紧拍下了几张照片。或许不是那么清楚，不过要考虑到，这可是我在“过山车”里努力抓拍的呀！

不知不觉中，太阳下山了。阿拉伯半岛的落日，为四周连绵不断的层层沙丘染上了一片美妙的色彩，沙漠上的越野车剪影仿佛油画一般不真实，所有的一切都融入了一片空旷无垠的金红色之中。

玩过了冲沙，车队就带我们到了一个露天营地。这里会上演传统肚皮舞和提供免费的BBQ自助晚餐。营地里的花样也不少，可以试穿阿拉伯女子的黑色长袍拍照留念，也可以尝试下骑骆驼的感觉，还可以开沙地卡丁车。自从有过在埃及骆驼抽疯狂奔差点儿将我甩下去的可怕经历，我对骑骆驼可是敬谢不敏了。

不过营地里免费画henna还是让我很有兴趣的，henna就是指甲花里提取的染料，据说被人们最早应用大约是在公元七千年前，之后的巴比伦文明、亚述文明、苏美尔文明等人类古老文明都出现过它的踪影。直到现在，henna还被阿拉伯人广泛应用。既然来了，当然走过路过不能错过哦。我请阿拉伯大妈在我的手臂上画了个比较复杂的图案，等干燥之后剥去外面，就能看到非常美丽的花纹了。

沙漠上的BBQ，味道也就这样，而且还一嘴的沙子，不过肚子饿了也实在管不了这么多了。吃到一半，性感的舞娘终于在万众期待中高调上场喽！她的肤色雪白，舞步轻盈，身材丰满，不停扭动着腰部，若有若无地放出妩媚的电波，惹得周围的游客忙着拍照，一时间闪光灯亮个不停。

气氛渐渐变得热烈起来，舞娘干脆邀请大家上去一起跳，我看到其中一个大叔跳得特别欢快！后来才知道，他就是这家旅行社的老板。到最后大家全都上去跳了，我拍了最后一张照片后，也被大家热情地拉了上去……那个时候真觉得世界大同，彼此的距离越来越小了。其实无论是什么肤色、什么种族，对生活的热爱都是一样的吧。

Part23

贫穷与富有

226-227>
GE HOTEL
OSRAM

一条迪拜河将迪拜分成了两个部分：新迪拜和老迪拜。一边带着古老的神秘，一边则完全进入了现代化。比起新迪拜的奢华气派，老迪拜的旧城一带显得破落得多，从国外来淘金的打工者有许多聚集在这一带，其中也有数量不少的中国同胞。

在河上有专门的摆渡船运送客人，价格也是公道得很，只要两元人民币就够了。我们正好要搭船去对面的老城区，所以也赶紧跳上了其中的一只。

古老的清真寺和高耸的摩天大楼迎岸而立，阿拉伯的神秘和西方世界的现代化完美地结合在一起，看起来竟是毫不突兀。船儿缓缓前行，两岸景物缓缓后退，更增添了几分如画卷般的梦幻感。上船后还和坐在身边的几位胖大妈聊了几句，原来她们是从索马里过来打工的。

到了老迪拜，首先想去的地方就是承载了这个国家历史和文化的迪拜博物馆，这座博物馆的原身是一座建造于1799年的阿拉伯古城堡，两百多年来还维持着原有的面貌。进门的院子里是一片空旷的沙地，土黄色的房顶上还竖立着一座座矮烟囱似的风塔。在过去的阿联酋，人们通常会将骆驼和马牵进院子，所以这样的沙地对于掩埋动物的粪便很方便。而那些风塔则是人们使屋内保持通风凉爽的一种古老方式。那时没有空调，当地人就会将起居室设置在风塔下，如今在一些传统的阿拉伯房子中，还是继续保持着这种传统的建筑风格。

博物馆里实景再现了当时贝都因人的生活和历史。这座富有的城市原来只是一个沙漠中的小渔村，当地人差不多都是以采集珍珠为生，直到20世纪60年代发现了石油。于是，接下来的一切就像是天方夜谭里的故事那样不可思议，黑色的黄金将这个小渔村神奇地变成了闻名世界的国际化都市。采集珍珠的图片和工具，精美的铜器和雕像，细心布置的各种生活场景……无不让人对这个奢华之都有了更多的了解。原来在发迹之前，这个地方几乎不是能用一个穷字来形容的。只是由俭入奢易，由奢入俭难，当有一天石油资源用尽的时候，这里的人们又该如何应对呢？

博物馆的庭院里还能免费品尝贝都因红茶和阿拉伯特色点心，一位阿拉伯大婶为我们烙起了贝都因人日常食用的面饼。只见她拿着一根细棍子将面团擀成薄薄的一片，然后放在加热的铁盘上，不一会儿工夫，就烤成了又硬又脆的薄饼。虽然红茶里差不多放了大半杯糖，甜得头晕，不过那面饼还是很好吃的。而且，用来烙面饼的燃料非常具有阿拉伯特色，就是最常见的干骆驼粪哦。

逛完了博物馆，我就兴致勃勃地朝着传说中的黄金街出发了。原来所谓的黄金街就是一个并不起眼儿的市场，狭长的街道两边都是金店，挨得紧紧的，让人有种错觉，好像走进了国内的小商品市场。店前挂出的形形色色的黄金饰品简直闪花了我的眼，就算是假首饰也没有这样夸张的阵势。除了黄金之外，也有做工精美的各种宝石首饰，大部分都是阿拉伯人喜爱的奢华繁复风格，那些高高在上的黄金、红蓝宝石、祖母绿全被像白菜一样摆了出来，就和摊子上的廉价首饰没什么两样。五六克拉的钻石在这里也不过是小case（意思）。有不少一两克拉的裸钻居然就被随随便便地装在塑料盒子里，看上去就和地摊上的廉价首饰的待遇没啥区别，让人看了真是感慨甚多。最令人惊叹是某家店里摆放的一件黄金衣，据说连衣服上的每一根丝线都是用纯金打造而成的。

阿拉伯人喜欢款式夸张的首饰，这里的金饰也不例外。据说过去阿拉伯女人嫁人之后，她就成为夫家的私有财产，但是她所拥有的金器依然是属于自己的。

迪拜的金价相对来说比较便宜，而且货真价实，绝不会缺斤少两。如果一旦查实有欺诈行为，政府的处罚会相当严厉，除了勒令关门外还可能判刑。所以来购买的游客很多，尤其是我们国内的游客，不过这里的主力购买大军应该还是本地人。阿拉伯人热爱黄金，结婚节庆都离不开黄金。我们这些老百姓买黄金都是论克，人家阿联酋女人买起来可是论斤的哦。

在新迪拜，我见识了这个地方的富有奢华，可是在老迪拜，我见到了这个地方的另一面。很难相信这样破烂不堪的地方也是迪拜的一部分，而且竟然还有人居住在这里。这个世界就是这么不公平，有人生来就是锦衣玉食，有人为了生存而艰难度日。迪拜现

在到处都是正在施建的工程，所以在街上可以见到很多来自各国的民工。我去搭飞机的时候，也见到了许多打工者拎着大包小包热切地盼望着回家探亲。在这些外来打工者中，很多来自印巴，还有不少来自泰国和中国。难以想象在夏天超过五十摄氏度的高温下，他们还要忍受着酷暑露天作业。

还有那些来自各国的脑力工作者，也将汗水挥洒在了这片沙漠之上。正如朋友所说的，大家来这里的目的只有一个——挣钱。而想要挣更多的钱，就要流更多的汗。

离开这里的时候，天色已经暗了，那幽长的小巷似乎还在述说着已经消逝的种种。

每一段旅程都有结束的时候，厌倦了以往走马观花的行程，越来越明白旅行真正的意义不在于到过，而在于停留过。即使脚步已远去，但自己的心情和感受依然停留在那一片片陌生的土地上。即使很快又要恢复原有的按部就班的生活，但那曾经的点点滴滴的经历也令自己的生活更加美好和完整。

曾经在某国机场里看到的一句话，我至今记忆犹新——The more you look at the world， the more you recognize people’s different values。

走过千山万水，感受着世界的不同，才有自己最真实的存在感和更豁达的人生态度。

正如安徒生所说的那样，仅仅活着是不够的，还需要有阳光、自由，和一点儿花的芬芳。

（The End）

EARCHING FOR THE
OST MEMORIES

随游记附赠

Vivibear

最新长篇试读本

《所罗门封印》

SUOLU MENFENGYIN

经书有云：世人过去之世皆有生命，辗转轮回，故称宿命。

人自诞生那一刻起，就已经注定了这一世的宿命。

宿命因人而异。有人含着金钥匙出生，一生荣华富贵；有人投胎贫寒之家，一生困苦劳顿。有人先苦后甘，有人先乐后悲；有人事事顺遂；有人处处碰壁，有人安于现状；有人则不甘如此。

那么，身为世间芸芸众生中的一员，

你，抱怨过自己的命运吗？

你，羡慕过别人的命运吗？

你，曾想过要改变自己的宿命吗？

Part01
传说中的二手店

午后的S市骄阳如火，炙热的气流烘烤着地面，比情人的激吻更加令人窒息。街道两旁挺拔的梧桐树也被这滚滚热浪蒸腾得垂下了高贵的头，层层叶片打起了卷儿，蔫蔫地耷拉在一边。灼人的热风吹起站在树下的那个年轻女孩的发丝，有一搭无一搭轻轻地戏弄着。女孩抬手拨开了迷眼的发丝，望着不远处的路牌微微眯起了眼睛。

五常巷。

没错。那家二手店——应该就是在这条巷子里了。

巷子狭窄幽深，曲曲折折的石板路上布满了黏滑的青色苔藓，空气里漂浮着一股潮湿又腐朽的味道。差不多走到巷子的尽头，她才看见了一幢不起眼的瓦灰色小屋。阳光斜斜地从天顶射下来，正好落在了那个斑驳模糊又不知所云的店名上——无中有。

这家二手店看起来更像是个见不得人的黑店，偏偏要选在这种不易被人发现的隐蔽位置。房子周遭若有若无地弥漫着一种颓废阴郁的气息，幸好房檐下还攀爬着一墙的牵牛花，在如锦绿叶的衬托下，于微风中颤颤晃动着浅蓝色的杯盏形花朵，总算是为这里增添了几分难得的生气。

年轻女孩皱了皱眉，伸手推开了那扇虚掩的浅棕色木门。

刚推开门，只听叮咚一声响，接着一团白影飞也似的扑到了她的面前。女孩吓了一跳，往后退了两步，一个趔趄，手里的那袋东西砰的一声掉到了地上。就在她抬起头的瞬间，一张陌生男人的脸赫然在她眼前放大，那张脸几乎被头发遮住了大半部分，只露出了右边一只闪着幽光的眼睛，半边额上还文着个极其古怪狰狞的刺青，她吓得忍不住低呼了一声。

“基那，你又在那里吓人了。”随着那张可怕的面容迅速远离眼前，一个温润的声音随即传入她的耳中，听起来就像是薄荷糖在琉璃碗里碰撞发出的清脆响声，仿佛能让人感觉到温暖明亮的色泽。

"这位小姐，你没事吧？"一位长着娃娃脸的少年不知何时站在了她的面前，一手还拎着那团乱晃的白色影子——原来不过是只绿眼珠的波斯猫。少年看起来只有十五六岁的年纪，有着如普罗旺斯熏衣草般梦幻的紫色眼瞳，浅茶色的柔顺短发令他更显几分天真俏皮。

女孩不觉愣了愣，原来真如传闻中所言，管理这家二手店的人并不是本国人，而是中文说得相当流利的外国人。

"不好意思，让你受惊了。我叫瓦沙格，那个家伙叫基那，我们都是这里的店员。店主现在不在，有什么需要尽管对我们说。"少年微微一笑，明媚得让人仿佛见到了盛夏时分一望无际的熏衣草田。

女孩听他这么一说，忍不住又瞥了几眼那个险些吓到她的男人。刚才因为一时惊吓并没有看清楚，原来这个男人面容也还算英俊，那只独眼的颜色尤其特别，就像是繁星布满夜空的午夜蓝，只不过额上的刺青和过长的黑发让他看起来多了几分阴森感。

那男人见她打量自己，立刻冷哼一声侧过脸，隐身闪到了书架后。

女孩心里虽然有点儿好奇，但还是没有忘记自己来这里的目的。

"你好，我就是想问下，我手头现在有些穿不了的旧衣服，可以在这店里换些别的东西吗？是不是有什么特殊的限制和要求呢？"她也是听邻居聊天时说起这家店，才想来这里碰碰运气的。

瓦沙格嘴角一扬，露出了标准的店员笑容，"没错，这个店里的所有东西，只要你看中就可以换走。我们不要求等价交换，也没有什么限制。只有一点，我们不收取任何现金，只接受以物换物。"

女孩抬头环视了一下四周，只见店堂里高低错落摆放了不少杂物，不仅有衣服、器皿、书籍、玩具、厨房用品，甚至还有首饰、家具，看起来货品种类倒是不少。她径直走到厨房用品那里，弯下腰仔细挑选起来。前几天，她在出租屋里不小心烧破了一只锅子，如果能用衣物换个合适的，就能节省下一笔开支了。

就在这时，只听门铃叮咚一声响，店里陆陆续续进来了几位顾客。她下意识地转过脸，正好和其中一个短发姑娘的目光对上。短发姑娘见到她先是一愣，随即便惊喜地喊出了她的名字："安璐，怎么你也在这里？这真是太巧了！"

她似乎也认出了来者，显然有些愕然："陈雪，好久不见了……"

陈雪上前几步，热情地给了她一个拥抱："是啊是啊，真是好久不见！自从我从那个鸽子笼搬走后，我俩就渐渐失去了联系。能在这里见到你太好了！对了，你现在过得怎么样？搬家了没有？”

安璐笑得似乎有些勉强：“还不是老样子，你呢？现在在什么地方高就？”

“我找了家外企，还不是整天累死累活地干。不过最近和男朋友在市郊买了个小房子，虽然有点儿远，总算是有个自己的窝了。”陈雪的脸上洋溢着知足的幸福，“说实话，我还真有点儿怀念当初毕业后和你一起挤鸽子笼的日子呢。”

安璐的眼中闪过一丝羡慕之色：“你可就好了。我啊，别说房子和男朋友都没着落，连工作单位都换了好几个。最近找的那家公司每天要加班到深夜一两点，工资还是低得可怜。而且这点儿低得可怜的工资，我还得拿出一大部分给弟弟还债。”

陈雪有些同情地看着她：“安璐，在大学里你就一直勤工俭学，舍不得吃舍不得穿，没想到现在还这么辛苦。你那弟弟我也见过，整日里游手好闲的，净和城里那一帮不三不四的人混。我看，你还是快点儿找个男朋友，以后少和你娘家来往吧。”

“谁叫我生来就是受苦的命呢。”安璐无奈地摇了摇头，忍不住倒起了苦水，“我家里穷，原以为等我读了大学后找份好工作就会有出头之日，可没门路没关系照样还是那么难。别人也不是没给我介绍男朋友，可现在男人们也现实得很，一看我家里那个情况就打退堂鼓了。我也不敢结婚，说难听点儿，就连嫁妆的钱都拿不出。再加上我还有那么个人见人嫌的弟弟，我妈又重男轻女，净想着从我这里刮钱给他……”

“唉，家家有本难念的经。其实我们也好不到哪里去，买那个房子花光了双方父母的养老钱，还欠银行一大笔贷款，以后的婚礼只好一切从简，一分钱都要掰成两份花。要不然，我怎么会来这二手店淘东西呢？没办法，谁叫你我都不是富二代。”陈雪说着说着像是突然想起了什么，“对了，还记得我们大学同寝室的那个杨眉吗？”

安璐耸了耸肩：“怎么会不记得，她老爸是大公司的总裁，开学第一天，她就开着法拉利跑车来上课，当时可是轰动了全校呢。”

“是啊，大学四年就见她吃喝玩乐，根本不用担心就业问题。听说一毕业她老爸就给她安排了一份清闲又有钱的好工作，还找了个相当帅气的男朋友，听说他们已经买好了市中心的豪华别墅，准备秋天就结婚了。”陈雪叹了口气，“同人不同命啊，你说，有的人投胎也太好了吧？”

安璐将挑好的锅子拿在手中，低低道：“有什么办法呢？要是人的宿命也能像换东西一样随意交换就好了。我也不求什么皇室贵胄的命，只要能有杨眉这样的命就谢天谢地了。”

陈雪扑哧笑出了声：“你呀，就别异想天开了，要是真能换，我都想换个含着金钥匙出生的好命呢。咱们这些平民小百姓，还是想想怎么养家糊口吧。俗话不是说，命乃天定。如果违反天命，我看可能会变得更差也说不定呢。”

安璐若有所思地看着那只几乎全新的锅子，小声应了一句：“也是呢。”

一番精挑细选之后，安璐最终满意地换了一堆有八成新的厨房用品。瓦沙格客客气气将她们送到门外，顺手将一张店里的名片塞到她的袋子里，并再次露出了职业化的标准笑容向她们道别：“欢迎下次光临。”

和陈雪在巷子口分手后，安璐神色黯然地望着她的背影，嘴角不禁扯出了一丝苦笑。

踏出校门已近一年的她，只身一人在这座城市挣扎生活着。新找的公司离住的地方很远，工资也不高。每天早上天不亮她就要起来，坐两小时的公车去上班。晚上又要再花上同样的时间，回到那个和别人同租的鸽子笼里。可就算是这样的一份工作，也有很多人挤破头想要进去。她好歹也是个堂堂的大学毕业生，怎么就沦落到这个地步了呢？

一想到那个二三十人共用的厕所，还有那个连隔壁的咳嗽声都听得清清楚楚的小空间，她就更加厌恶现在的生活状态。可是……再厌恶也只能继续忍耐下去。

生活，还是要继续的，不是吗？

回到了那个狭窄的鸽子笼，安璐刚放下东西，就见到那张二手店的名片从袋子里飘了出来。她捡起来一看，只见那白色的底色上只有黑色的三个字——无中有，正是那家二手店的店名。她刚想将名片扔到一旁，却惊讶地发现一排排新的黑体字像是变戏法般渐渐浮现出来……

你，抱怨过自己的命运吗？

你，羡慕过别人的命运吗？

你，曾想过要改变自己的宿命吗？

她愕然地瞪大了眼睛，见到有更多的字涌现出来。之前的字迹缓缓隐去，新显现的字迹清晰无比——如果想要改变自己的宿命，就请再次踏入无中有。

安璐只觉一头雾水，这算什么？什么改变宿命？一家二手店还故作什么玄虚？如果是作为揽客的手段，也太奇怪了吧？话又说回来，这小戏法是用了什么伎俩？难道是什么隐形墨水之类的玩意儿？

就在她研究这张古怪的名片时，熟悉的手机铃声忽然响了起来。安璐看号码是公司的，猜测可能又是叫她休息天去加班，本想不理，但想到现实的情况还是接了这个电话。

“安璐啊，我得告诉你一件事，你可千万要有心理准备。”打电话来的是平时和她关系还算不错的同事小张。

“什么事？”她的心一下子就揪紧了。

“公司最近要裁员了，听说这次裁的人数还不少。我今天去老板办公室时，在裁员名单里，看到你的名字排在第一位！”

“你说什么？！这是真的？”

“看来这次是凶多吉少，所以我特意提醒你，趁早还是快点儿找下家吧。好了，我就和你说这个事，不打扰了，再见。”

接完这个电话，安璐像是只泄了气的皮球般瘫坐在地上，脑海中一片空白。偏偏在此时，手机铃声再一次响了起来。她麻木地摁下了通话键，只听母亲急切的声音传来：“安璐，这个月的家用怎么还没打进账？你弟弟新认识了个女朋友，现在整天住在我们家里，花费也比以前多些。妈知道你也不容易，可这不也是没办法嘛，你这回记得多打五百块在账上，知道吗？妈就不和你多说了，还得给你弟弟做饭去呢。你千万要记得！”

安璐木然地挂完电话，突然像是爆发般将手机狠狠扔到了床上。

为什么！从小到大，她就没有顺心的时候！为什么人与人之间有这么大的差异，为什么杨眉就可以那么幸福，为什么她就这么倒霉凄惨？为什么她偏偏不是杨眉呢！

想到这里，她下意识地拿起了那张被扔进废纸篓的名片，赫然看到名片的最后又多了几句话——现在，就是你改变宿命的唯一机会。想成为杨眉吗？那就来无中有。

安璐的脸上顿时骇然失色，简直无法相信自己的眼睛，这张卡片竟能知晓她的所思所想，这实在是太可怕了！

安璐吓得再次将名片扔掉，不停地告诉自己那只是幻觉而已，一定是自己受了打击才会产生这样的幻觉。她使劲甩了甩头，顺手拿起了刚换来的锅子想分散注意力，没想到锅盖上也清楚地浮出了几个字——子时前来，过时不候。

“砰！”安璐手里的锅子掉到了地上。她在原地呆立了许久，惊恐过后反倒慢慢平静下来了。

这么多诡异的事情同时发生，并不像是巧合。难道，那家二手店里真的隐藏着什么玄机？这个世界上，不是还存在着很多无法用科学解释的神秘事件吗？

安璐咬了咬嘴唇，深深吸了一口气。既然已经没什么比现在的境况更糟糕了，索性就去那里看看究竟是怎么回事。

Part02
只在夜晚现身的店主

午夜的钟声敲过了十二点。

再次走进这条小巷子的时候，安璐还以为自己记错了路。原本什么也没有的小巷子两边居然盛开了一路的白色蔷薇，层层叠叠的花瓣在月光下散发出晶莹的光晕，沿着小巷一路蔓延。花中有叶，叶上有花，轮生复生，无中有，有而盛。

安璐推门而进，前来相迎的还是那个娃娃脸少年瓦沙格。店里被一片橙黄色的光芒笼罩着，靠墙的旧桌子上点着一炉清淡的熏香，之前见过的那只波斯猫则懒洋洋地侧卧在桌脚下。这样的氛围和白天相比，似乎多了几分温馨和暖意。不过当她瞟到角落里那个长相阴森的独眼男人时，心里还是突突了一下。对方也冷冷瞪了她一眼，显然对她的到来并不欢迎。

“别理那个家伙，基那就是个怪人。”瓦沙格笑眯眯地将她请到屋子当中，“请在这里稍等片刻，我们的店主很快就来了。”

“其实，我……我来这里是因为……”安璐不知该说什么，此时此刻她又觉得这一切实在太过匪夷所思，如果这一切不过是自己的幻觉，那岂不是闹了个天大的笑话?

“我们当然知道你为何而来，不然店主也不会亲自见你了。”瓦沙格笑着打断了她的话，紫色的眼眸里有抹诡异的神色一闪而过。

安璐心里乱糟糟的，不禁有些后悔自己的冲动，越想越觉得不安。就在她几乎想要站起身夺门而逃的时候，就听身后传来了一个冷泉般清透优美的声音：“既然来了，何必着急走呢? 改变宿命的机会可只有一次哦。”

安璐惊讶地回过头去，只见一位少女正坐在窗台上笑吟吟地看着自己。

她那深黑色的发丝仿佛比最幽深的梦境还要绵长，层层叠叠散落于窗台上。她的脸白皙如瓷、清华如雪，一双浅金色的眼瞳里仿佛有妖魅寄宿，流转着某种魔性的美丽。

明明是酷热炎炎的盛夏，可被那双奇异的金瞳瞧上一眼，仿佛一下子就退回到冰天雪地的寒冬。少女调皮地晃着纤长的双腿，颈间系着的一串宝石链子随之轻轻摇动，在暗夜里散发着青幽奇特的光泽。

琉璃月色衬得她的神情有几分旖旎，清丽动人中偏偏透着一股神秘的妖异感。

大晚上的突然见到这么一个美得不像真人的家伙，饶是安璐胆大也不由得愣了几秒。直到那少女从窗台上轻飘飘地跳下来，她才回过神来。

“你——就是店主？”她不大确定地开口道。

“当然啊，我就是店主。怎么？看起来不像吗？”少女笑起来的样子就像蓝天飘拂的白云般明净，那种妖魅之气似乎在笑容中一扫而尽。

安璐按捺住心头的惊讶：“不是，我只是没想到店主会这么年轻。”

少女抿起了嘴，挑了挑眉：“那么我们直接进入正题吧。安璐，今年24岁。出身贫苦，长大后生活略有改善，但整体运势还是呈下降趋势，今生和大富大贵无缘。家中还有重男轻女的双亲和到处惹是生非的痞子弟弟。如今你正巧又失业，可谓是祸不单行。不过，这只是一个开始，以后的生活恐怕还会更加辛苦。”

安璐一脸的震惊，这个少女连她的八字都没见过，怎么会了解得这么清楚？

“你是说……我一辈子都是这个受苦命？”她更在意的是这少女所说的最后那句话。

少女的身体微微朝前倾，长长的金色睫毛下流泻出几许迷人的光芒：“那么，你是否不满意自己的命运？你想要改变自己的宿命吗？”

安璐愣了愣，脱口道：“人的宿命不都是注定的吗？”

“从常理上来说的确如此。”少女拨弄着自己颈间的宝石链子，“一直以来，这个世界上有一部分人都是习惯性地过着每一天，没想过也不知怎样改变自己的命运，所以这些人的一生基本上就是注定的。但也有一部分人，想要通过各种不同的方法改运。改运的方法有很多，有通过改变五行来改运的，有通过改变八字来改运，甚至还有通过整容来改运的。不过，这些都是治标不治本，人既定的宿命并不是能够轻易改变的……”

安璐忍不住打断了她的话：“那说了半天还是不能改变喽？”

少女轻轻一笑：“既然你再次踏入这家店，那就证明你和这里有缘。你也知道，这里是家二手店，所以我们只做以物换物的交换生意。不过店里可以交换的东西可不仅仅是那些杂物哦。只要你愿意，就连别人的命运一样也可以交换。”

“交换别人的命运？这是什么意思？”安璐一脸的难以置信，这小姑娘是在胡言乱语吧？这到底是家什么店？居然连命运也可以交换？这怎么可能！

“我想，我说得已经很清楚了。你可以用你的东西交换身边任何一个人的命运，甚至，还可以交换历史上各色人物的命运，高高在上的女王、身世显赫的贵族、万人拥戴的君主……无一不可。”

这时，那只懒洋洋的猫咪忽然喵了一声，像是附和着少女这番听起来荒诞无稽的话。

安璐瞪大了眼睛，结结巴巴道：“这……这怎么可能？你到底是什么人？”

“只要相信我，你的宿命就会改变。”就在这一瞬间，少女的浅金色眼睛忽然变成了魔魅妖异的暗金色，声音里更是带了一种莫名的蛊惑力，仿佛听见这个声音的人都会由此坠入不可见底的深渊。安璐以为自己看花了眼，连揉了几下眼睛，发现那好像只是自己的幻觉。

她犹豫了片刻，低低地开了口，声音听起来依然充满了难以置信，“你的意思是我还可以拥有像女王那样的人生？比如说，我想要拥有武则天的命运，那么我就会变成她？这怎么可能！”

“怎么不可能？只要你愿意，我就会将你送到那个时代去，让你拥有女皇的命运，并且还附送一本武则天传记。”少女的神情看上去就像是在调侃一件很平常的事。

安璐的嘴角微微一抽，慌忙摇头：“不不，我还是更适应现代的生活，我也没有那样的野心。这辈子如果能拥有杨眉这样的命运，我就心满意足了。只不过……我不清楚要拿什么来交换。”

“这个嘛，我可不做赔本生意哦。不过，我收取的不是金钱，而是——”少女金色的眼眸中闪着幽幽的光芒，一眨不眨地盯着她的脸，“一样属于你的东西。”

“一样属于我的东西？”她苦笑了一下，想起来以前看过的奇幻小说，“那是什么？难不成是青春寿命运气之类的东西？那些对我来说，都是不能拿来交换的。”

“具体是什么东西，我现在不能告诉你。等时间到了，我就会前来收取这样东西。”少女眨了眨眼，“不过我保证，那对你来说绝对不是重要的东西。什么青春寿命运气，那可都不是我想要的。”

安璐一时也有点儿发蒙：“不重要的东西？原来……那也是可以交换的吗？”

“如果你不同意，我也不会强迫你。毕竟，这只是一桩你情我愿的交易而已。走出这个房间，你就再也找不到来这里的路。我们之间也不会再有任何交集。”少女好整以暇地看着她，“决定权在你自己手中。”

安璐紧咬着嘴唇，沉默了半天，最终还是点了点头：“好，我愿意用那样东西来换杨眉的命运。”既然对她来说不是重要的东西，那么放弃也不可惜。如果能拥有杨眉那样的命运，为了自己的未来，她无论如何却想赌一赌。

“聪明的选择。不过我还要提醒你，在决定人的命运的因素里，有必然也有偶然，当两种因素相互作用时，命运也有可能被偶然因素改变。刚开始你的自身性格有时还会影响你，所以，你在做任何事情前都要多考虑。你本身的记忆也会继续保留，所以千万不能和你以前的亲人和朋友有什么联系和互动，不然命运发生偏差不是不可能的事。”少女耸了耸肩，“既可能变得更好，也有可能变得更坏。”

“你是说，即便我拥有了杨眉的命运，如果不小心的话，还是有可能会改变？”得到了少女肯定的回答，安璐又蓦地想起了另一件事，“假使我拥有了杨眉的命运，那么原先的我呢？是和杨眉交换了命运，还是不存在于这个世上了呢？杨眉她又会怎么样？”

“这个你就不必操心了。我所能告诉你的就是，你并不是和她交换命运。她自有她的去处。”少女说完，从自己的链子上取下一颗珠子，将其放在玻璃杯里。这时，安璐才发现，原来少女的链子上共有七颗不同的珠子，分别是金、银、琉璃、玛瑙、琥珀、珊瑚和珍珠。少女此刻取下的正是一颗深红色的珊瑚珠子。

少女垂下了眼眸，低低念起了几句古怪的诗——

我提心吊胆将它浇灌，日夜浇灌着泪滴。
我用微笑来将它照耀，用软软的狡诈的诡计。
它日日夜夜地生长，终于结出了鲜亮的果实。

少女的话音刚落，不可思议的事情发生了！只见那粒珊瑚迅速抽出了嫩芽，像是被施了魔法般抽枝长叶开花，一眨眼的工夫，竟然就结出了一个色泽鲜艳的红苹果！

安璐惊得差点儿连眼珠子都掉了出来，这少女到底是何方神圣？

少女将苹果递到了他的面前，微微一笑：“回家以后吃下它，就代表着签订了契约。契约一旦成立，绝不能反悔。”

安璐将信将疑地接过了那个苹果，又听到那少女对她说道：“你要记住，改变宿命的机会，只有一次。”

她点了点头，似乎还想再问什么，但犹豫了一下，还是转身出了门。

看着安璐的背影渐渐消失在暗夜里，少女的嘴角浮起了一抹难以捉摸的笑意。

“小宴，今天成绩不错，我们又完成了一单交易。”瓦沙格笑眯眯地端上了热气腾腾的红茶。少女接过来后，一口喝了个干净。这样酷热的炎炎盛夏，少女却似乎完全感觉不到周围的高温。

“那多亏瓦沙格师父你待客有道啊。不像另外那两位师父，一个就整天阴着脸吓跑客人，一个就以自己的动物形象示人，事不关己高高挂起。都不知哪里得罪他们了。”少女眼珠子转了转，意有所指地瞟了一眼某个方向。那只侧卧着的波斯猫伸了个懒腰，发出了低沉的声音：“怎么说我也是所罗门王的七十二魔王之首，比你的师父流迦还高了好几个级别，让我来做店员的活也太委屈了吧。”

“巴尔师父你还狡辩，人家瓦沙格师父在七十二魔王里也排在第三位呢，在成为魔王前更是神力超强的堕天使，怎么就不像你那样呢。”少女冷哼了一声，也不打算放过角落里的那位，“还有你，萨米基那师父，每天被你吓走的客人不在少数吧。亲爱的师父们，就算不帮忙，你们也不能帮倒忙嘛。各位可都是看着我从小长大的，虽说这次是所罗门王大人拜托你们来帮忙的，好歹也给我个小小面子嘛。”

巴尔拨弄着自己的胡须，摇了摇脑袋：“看着你长大……那倒是，我们这七十二位魔王，谁没吃过你的苦头啊。骗走列拉杰的魔弓，射中了汉帕化身的鸽子，险些让这两个魔王起内讧；伙同瓦利弗偷了火玉，点着了阿蒙的蛇尾……最气人的一次就是偷了弗拉斯的变形药，将我们全都恢复了动物原形，当时魔界闹得那个鸡飞狗跳啊！我的尾巴就是那个时候不知被谁咬断了一截。记得当初你大哥叶幕在这里学习魔法时，可没像你这么爱折腾人……”

眼看老大开始痛陈陈年往事，瓦沙格忙笑嘻嘻地接过话题：“其实比起小宴的正牌师父流迦，我们都已经算是幸运的了。每次流迦黑着脸跑来找我喝酒，我就知道一定是小宴你又干了好事。而且他也不敢对你怎么样，所罗门王可是将你宠上了天，再加上你的吸血鬼老爸，咱们没有一个魔王敢惹你。”

“若是所罗门王有七十二魔女，叶宴一定名列第一。”沉默寡言的萨米基那忍不住插了一句嘴，看来以前也曾成为过受害者。

叶宴笑得很灿烂，语气里隐隐还有些撒娇的口吻：“小孩子顽皮点儿也是有的嘛。你们都是我的好师父，就偶尔包容下我这个小孩子嘛。”

两人一猫同时感到身体一阵发寒。熟悉她的人几乎都知道，这个所谓的“小孩子”笑得越灿烂，脑袋里的坏主意就越多。为了安全起见，还是不要继续这个话题了，不然莫名其妙被她整了也无处申冤。

“小宴，你猜，这次这个女孩换来的命运会不会发生偏差呢？”瓦沙格赶紧转移了话题。

叶宴收敛了笑容，露出了和她年纪不符的成熟，意味深长地看了他一眼，“决定最终宿命的是潜藏的人心。这次的命运到底会不会发生偏差，那就要看她自己的造化了。”接着，她又像是松了一口气，“幸好这女孩不想和历史上的人物交换命运，不然只好请我二哥出马了。”

就在这时，萨米基那额上诡异的刺青忽然闪了一下光，他那阴郁的脸上隐隐呈现出罕见的兴奋之色：“好久没人用这么高层次的黑魔法在召唤我了。这次的方位……居然就在这个城市的南部！看来我得马上赶过去一趟了。”

“基那师父你的回魂术这么高超，这次一定又有所收获。”叶宴弯起唇眨了眨眼。比起笑容可亲的瓦沙格师父，萨米基那师父的形象好像更符合恶魔这个称呼呢。至于流迦师父嘛，虽然很多人都怕他，甚至连天不怕地不怕的老妈也是谈他色变，可在她心里，这位变态师父可是稳稳占据着No.1的位置哦。谁叫她还是个奶娃的时候，就已经和魔王大人朝夕相处了呢。

萨米基那冷冷撇了下嘴角。“这些目光短浅的人类，通常只顾及眼前的利益，不知道虽然可以达成愿望，但他们死后的灵魂会永远为我奴役。”说完后，他念了几句咒文就如一阵烟雾在众人的面前消失。

“其实，我们七十二魔王加起来，恐怕也不如人类自己的心魔更可怕。我并不看好这个女孩。”巴尔捻了捻猫须，又四脚一伸趴在了丝绸软垫上。

叶宴笑了笑，金色眼睛微微眯起：“那就让我们拭目以待吧。这个女孩身上一定会有我想要收取的东西。”

Part03
宿命的改变

安璐回到家后，将那个苹果用凉水洗了洗。还挂着水珠的苹果在灯光下闪耀着红玛瑙般的光泽，就像是童话里王后用来诱惑白雪公主的毒苹果，令人垂涎欲滴。尽管觉得少女的话有些匪夷所思，但她还是忍不住抱着试试看的心情，对着那个苹果轻轻咬了下去。当牙齿刚刚触碰到果肉的那一瞬间，她就只觉眼前一阵眩晕，立刻失去了所有的意识，身子往后一仰，扑通跌倒在地上……

安璐醒过来的时候，天已经亮了。她睁开眼睛呆了片刻，发现这里并不是她原来的房间。高高挑起的天花板上悬挂着奢华的奥地利水晶吊灯，周围的装潢看起来相当华丽，那些价格不菲的欧式家具，包括自己睡的这张床，都绝不是普通人家能消费得起的。

而且，这个房间足足有她原来那个鸽子笼的十倍那么大！

就在她有些不知所措的时候，忽听房间的门被轻轻叩响，接着走进来一位打扮清爽、容色秀气的中年妇女，冲着她微微一笑："小姐，该起床下楼吃早餐了。"

小姐？安璐一时对这个称呼有点儿转不过弯来。她的脑海里奇异地闪现出这个人的基本资料：杨眉家中的保姆刘妈，今年43岁，自杨眉出生后就一直在这里做工，是杨眉去世的母亲的远房亲戚。安璐愣了愣，忽然想到了什么，急忙跳下床，飞快地跑到梳妆台的镜子前，见到镜面里映出的还是她自己原来的面容，不禁松了口气。

"小姐，太太和先生都在楼下等你一起用早餐。"刘妈又叮嘱了一句。

安璐点了点头，在宽敞无比的洗手间里洗漱完毕，犹如梦游般跟着刘妈下了楼。

一进入楼下富丽堂皇的客厅，安璐不禁再次瞪大了眼睛。这可是只在电视里见过的豪宅啊，这一切真的就像是在做梦！

精致华贵的意大利手工餐桌前，一位风度儒雅的中年男子正在浏览当天的报纸，而坐在他对面的美女和安璐年龄相仿，一看到她就扬起了笑容，热情地招呼道：“小眉，快来吃早餐吧，今天我特地让厨房工人做了你最爱吃的布达佩斯蛋糕。”

那男子也抬起头，笑道：“你看你韩娜阿姨多有心，你喜欢吃什么，她都记得。”

安璐的大脑中迅速地辨识出了两人的身份——杨眉的父亲杨志和后母韩娜。

一定没错了，此时此刻她就是在杨眉的家。难道……从此刻起，她已经拥有杨眉的命运了吗？这么说来，她也拥有了杨眉的一切？奢侈优雅的生活，清闲多金的工作，帅气体贴的男友……原本遥不可及的一切如今竟然都近在咫尺，唾手可得。

原来……这个世界真的是有奇迹的。

如果不是有人在场，她恐怕会开心得笑出声来。

多久没在这么宽敞明亮的环境吃过饭了？多久没有这么好好享受一顿早餐了？这些对杨眉来说或许都是家常便饭，可对她安璐来说是一种奢望。

万万没想到，有一天她居然也可以过上这么美好的生活。

“对了，小眉，等会儿有没有空？我正好要去会所做美容，要是有时间，你就陪我一起去吧。还有啊，上次你看中的那款限量版名牌包，我已经帮你订到了。”年轻的后母明显是想讨好这位挂名女儿。

安璐犹豫了一下：“我倒是想去，可是还要上班……”

“那就请天假陪你娜姨吧，那个班你想上就上，想不去就不去，反正我们也不缺这点儿钱，图个高兴最重要。”杨志推了推架在鼻梁上的无框眼镜，目光柔和地看着自己的小妻子，“你们两人玩得开心点儿。”

安璐长这么大，还是第一次出入这种高级的私人会所。为了不显出自己的过分生疏，她只好尽量多看少问。幸好遇到和杨眉有关的人，她的脑海中就会自动给出资料，省却了很多麻烦。韩娜虽然感到挂名女儿今天和平时有点儿不同，但无论如何都不可能往换人那方面去想，所以根本没有任何怀疑。

享受完了高水准的美容和按摩之后，司机将她们送回了位于富人区的家中。一进家门，一个长相英俊的男子就迎上前来，将一束娇艳欲滴的黄色百合递到了她的面前，笑吟吟道：“小眉，今天你可真漂亮！”

刘妈在一旁笑道：“小姐，林先生已经等了一下午了。”

“林雳，又是来接我们大小姐去吃晚饭的吧？”韩娜也趁机打趣道，看来这位林雳已是这里的常客了。

不用说，这一定就是杨眉的帅哥男朋友了。

当对方那张俊秀的面容映入眼帘时，安璐的心不禁漏跳了几拍，这不正是自己最喜欢的那个类型吗？杨眉实在是太好运了。

林雳趁人不注意，在她脸颊上亲了一下，笑道："小眉，晚上想吃什么？如果没有主意，我就做主了。听说城东的那家意大利餐厅很不错，不如我们一起去尝尝？"

安璐下意识地点了点头，对这个男人，她有一种说不出的好感。

位于城东最高楼层的那家意大利餐厅素来生意很好，安璐早就听闻这家餐厅的大名，却因为囊中羞涩从不敢问津。对于习惯吃盒饭以及泡面的她来说，这样的享受还是破天荒头一遭。幸好她平时也看过些书和电视，懂些西餐礼仪，所以不至于太手足无措。

红玛瑙般的法国葡萄酒，新鲜烧制的小牛肉，配合着那慵懒的拉丁曲调，柔柔浮动的光线，以及弥漫在空气里的淡淡香料味，整个餐厅充满了浪漫的异域风情。

林雳殷勤地为她切好了牛肉，轻言细语地与她谈论着各种话题。他的温柔体贴让她这顿晚餐用得极为舒心。

等着最后的一道甜点上桌时，安璐侧过头望了一眼窗外。正是华灯初上的时分，从七十几层的高楼向下俯视，整座城市繁星似海，璀璨耀眼。熙熙攘攘的街道边，长长的车龙川流不息，各色霓虹灯晃得人视线模糊。

世界看起来是如此渺小，周围的一切让她觉得恐惧而迷离，仿佛自己正置身于一个透明的肥皂泡中，当肥皂泡啪的一声破裂时，她重新跌入现实的世界中。

这一切真的是都属于她了吗？从一无所有到梦想成真，这前后的反差实在是太大了，并不是普通的心脏能够承受得起的。直到此刻，她仍觉得自己只是在做梦而已。

不过，这场梦有点儿意外的漫长。

一转眼，时间过去了两个月。安璐已经渐渐适应了成为杨眉的生活，出入各种高级场合也是毫无压力。怪不得古人有云：由俭入奢易，由奢入俭难。高端品牌店店员恭敬的态度，旁人羡慕嫉妒的目光，无不满足了她内心的虚荣。以前连想也不敢想的东西，现在居然轻易都能得到，而最大的收获就是得到了一位堪称完美的男朋友。

尽管她的自身并无任何改变，但是在所有人眼中，她就是杨眉。安璐也看到卧房里的相架，全是她从小到大的照片。这个房子原来的主人杨眉的痕迹已经荡然无存了，就好像这个人从来不曾在这个世界上出现过。

安璐虽然对现状十分满意，但内心深处仍有些忐忑不安，自己占据了杨眉的位置，将她的命运据为己有，杨眉不会因为这样就从这世上消失了吧?

不过，就算……是这样，她也不后悔自己的决定。

她无法忍受再回到那个鸽子笼的生活了。

所以，对不起了，杨眉。

Part04
诡异的存在

每个星期天，都是安璐和林雳固定约会的日子。因为她的车恰巧送去检修，韩娜就将自己的保时捷跑车借给了她。不知是不是这场交易的特别附送，她不但能辨识出所有和杨眉有关系的人，就连杨眉所有的技能，包括开车、弹琴等都无师自通。

安璐似乎已经能看到自己光明的未来——家里就只有她一个独生女，亿万家财以后起码有一半是属于她的。她会在不久之后嫁给林雳，继续过着贵妇的生活。这一生，她不再是受穷受累的命，而是令众人羡慕的富贵命。

虽然不知道那个神秘的店主到底要收取什么东西作为交易的代价，但既然不是她所重视的东西，那么放弃也无所谓。有舍才有得，这个道理她懂。

“小眉，你在偷偷笑什么？”坐在副驾上的林雳略带好奇地笑看着她。

安璐抿唇一笑：“没什么，只是想等会儿去哪里消磨时光。前几天，娜姨倒是和我推荐了一个好地方。”

林雳沉默了几秒，忽然问道：“小眉，你觉得韩娜这人怎么样？”

“作为后妈来说，她也算不错了。”安璐虽然和韩娜相处时间不长，但这位小后妈在各方面确实无可挑剔，对她的要求差不多也是有求必应。

“小眉，你这人向来单纯，俗话说害人之心不可有，防人之心不可无。韩娜虽说是宠你，但也不排除是在你爸面前装好人，你还是要自己留个心眼。”他勾了勾嘴角，“这话我以前也提醒了你好几次，你听我一句劝，这个女人真的不简单。”

安璐觉得他像是欲言又止，心里不禁有点儿纳闷，难道林雳以前认识韩娜？或是这其中还是有什么不为人知的内情？就在她略微分神的一刹那，车前忽然闪出一个人影，吓得她立刻急踩刹车！只听车轮底下发出一声刺耳的尖叫声，那个人影赫然跌倒在了地上！

“糟了！林雳！我是不是撞到人了！”她那紧握住方向盘的双手微微颤抖着，下意识地将求救的目光投向身边的男友。

“小眉，你坐在这里别动，我下去看看。”林雳神色倒还镇定，安抚地拍了拍她的肩后便下了车。安璐坐立不安地待在车子里，犹豫了几秒还是摇下了车窗，探出头去想看看情况到底怎么样。

“小伙子，你没事吧？要不要送你去医院？”林雳温和的声音从车前方传来。

那跌倒的人呻吟了几声，没好气道：“好疼啊，疼死我了，我肯定受了内伤。”

一听到这个熟悉的声音，安璐的脑袋里顿时轰的一声响。她也顾不得那么多，急忙打开车门冲了下去……当她看到那个躺在地上不起的小伙子时，所有的思维都好像停止了转动。

那个人竟然是她的亲弟弟安峰！

这些天来，安璐几乎已经忘记了以前的苦日子，她已经逐渐融入了杨眉的生活，她甚至觉得自己已经成了杨眉。可亲弟弟的出现，好像一盆冰水兜头浇了下来，她瞬间变得清醒起来。紧接着，心里就急速涌起了一阵紧张和担心，她现在的面容还是自己的，若是弟弟认出自己，那不就糟糕了吗？

她刚退后了一步，就听安峰有气无力地喊道：“这位大小姐！你们难道就打算这么不管我了吗？我要是有个三长两短，你们也逃不了。”

安璐心里微微一动，稍稍释然，原来他根本就认不出自己了。

林雳在她耳边低声道：“这人根本没受伤，我估计是故意想敲一笔竹杠。”说着，他转头问道，“那我们送你去医院怎么样？”

安峰讪讪一笑，“今天遇上我算你们运气了，我也不麻烦你们，你们给我一点儿医药费，我自己去医院就行了。”

“你想要多少医药费？”林雳似乎想早点儿摆脱这个麻烦，准备拿钱解决这个事。

安峰眼中有贪婪的光芒闪过，嬉皮笑脸地仰起了脸：“这个嘛，我要的也不多，不过你们也知道，现在的医院都贵得离谱，你们就给我一千块算了。”

安璐皱了皱眉，弟弟还是和以前一样惹人讨厌，除了坑蒙拐骗，就没别的本事了。既然那个店主说过不要和以前认识的人扯上任何关系，那么——

林雳无奈地叹了口气，正要掏出钱包，安璐忽然拦住了他，冷冷冲着安峰道，“我有两个方法让你选：一个是给你三百块，你马上给我走；一个就是我们送你去医院，帮你支付医药费。”

安峰愣了愣，张了张口却没说出话来。

“怎么？要不要我们把交警叫过来，看看到底是怎么回事？不过只怕到时候，你一分钱也拿不到了。”安璐见他完全不认识自己，胆子也不由得大了几分。

就在安峰想要说什么的时候，一个年轻女孩突然从斜地里跑了出来，弯腰搀扶住安峰，小声道：“小峰，你怎么又惹事了？还不跟我回去。”

安峰不耐烦地推开了她，恶声恶气道，“走开！你别管我。”说着，他伸出了手，无可奈何道，“行，算你们狠，那就给我三百块！”

接过钱后，他果然没有继续纠缠，心有不甘地在那女孩的搀扶下离开了这里。林雳舒了口气，回过头却发现安璐的脸色煞白煞白的，像是被什么异常恐怖的事物吓到了。

“小眉，你怎么了？小眉？”他连唤了几声，安璐才回过神来。她扯了扯嘴角，勉强地笑了笑：“没什么，只是忽然感到有点儿不舒服。林雳，今天我哪里也不想去了。”

“没关系，不舒服的话，我先送你回家吧。”林雳一脸关切地摸了摸她的脸。

“嗯。”安璐没拒绝他的好意，因为她知道现在的状态也没法开好车。窗外的景色如影画般在眼前掠过，安璐的眼前始终只晃动着那个女孩的脸。

她没有看错，那就是她自己的脸。或者说，那就是她自己。

一种无法形容的寒意从背脊上蜿蜒蔓延，她忍不住打了个冷战。如果那个安璐还是存在着的，那么她又算什么呢？这样的自己是依附于肉体还是灵魂，是依附于思维还是行动？哪个是真实的，哪个是虚幻的？忽然一个瞬间，她恍惚不知道什么是自己了。

这到底是怎么回事？其中的一切或许只有那个神秘的店主才能解答吧。

“林雳，能不能在无常路停一下，我想去那里看看。”想起了那个诡异的二手店，她的心里不禁一动，忍不住开口道。

在无常路下了车，安璐一眼就看到了那条小巷子。她快步走到了尽头，却没有看到那幢瓦灰色的小房子。原来的店址上，此时不过是一堆废墟。

“小眉，你怎么跑这里来了。这条巷子很快就要被拆了，又脏又乱，还是快点儿走吧。”林雳停好车也赶了上来，对她的这个举动很是不解。

安璐像是没听见他所说的话，视线略有些涣散，没有色彩的瞳孔仿佛向着更远的地方望去。忽然，她自嘲地笑了起来。那个少女既然有办法能够交换宿命，自然也能让她找不到这家店。

回到家后，安璐无精打采地打算去自己房间休息，顺便理一理混乱的思路。就在她经过父亲房间的时候，听到从里面传来了韩娜的笑声。

“娜娜，你快点儿给我生个儿子就好了。”杨志的声音听起来十分温和，“我这么多的财产，可就给我儿子留着呢。”

听到财产两字，安璐心里咯噔一下，忙站在门边侧耳倾听。

“你还有个宝贝女儿呢，这话可不能乱说，万一传到她耳朵里，可要误会我了。”韩娜嗔笑道。

“女儿的那份我也不会少了她，不过小眉毕竟是个女孩子，以后结了婚就是人家的人了。林雳这孩子挺上进，但家里条件实在太一般。我想过了，要是这俩孩子结了婚，我给她准备个几百万现金再加那栋别墅也差不多了，给多了也等于是给外人。我们老杨家的财产，还是得由我的儿子来继承。”杨志的语气听起来并不像在开玩笑。

韩娜又轻笑了几声，两人很快开始说起其他的事情了。

安璐听到这里，心里顿时一阵发凉，更有一种说不出的后悔。原来杨眉的命运并不是她想象中那么好，一旦后母有了儿子的话，这亿万家产不就泡汤了吗？几百万，或许以前对她来说这是笔天文数字，可现在她已经过惯了奢侈的生活，将来嫁给林雳后，自己还能适应吗？

看来林雳说得对，韩娜这个女人还真是不简单。

由于今天发生的事情太多，安璐的情绪一直很低落，晚餐时找了个借口没有下楼。临睡前，刘妈端了一碗燕窝粥上来，很是关切地询问了几句。

“小姐，今天你不是和林先生约会去了吗？没什么事吧？”

“哦，没事，放心吧刘妈。”

“林先生可是个好男人啊，我就没见过这么体贴细心的人，事事都以小姐为先。”刘妈顿了顿，像是试探地问道，“小姐年纪也不小了，应该也快办喜事了吧？”

一想到结婚后就没法继续过这么奢侈的生活，安璐不由得感到一股烦闷涌上心头，“林雳现在只是我的男朋友而已，谈婚论嫁也太早了。再说，谁知道以后是不是和他结婚呢。”

“小姐以前不是说非林先生不嫁吗？”刘妈似乎有些惊讶。

“以前是以前，现在是现在，就他那点儿死工资，婚后能养得起我吗？”安璐脱口而出后，又觉得有些失言，赶紧转移了话题，“好啦好啦，不说这个了，刘妈你也早点儿去休息吧。"

刘妈应了一声，就退了出去。

安璐喝了几口燕窝粥，心里已经暗暗打定了主意。看来这林雳并不是最合适的结婚人选，她得趁现在凭借自己的家境找一个门当户对的男朋友，那么到时就算是嫁过去，也照样可以过贵妇生活。

人的命运生来就是不平等的。从一出生开始，由于每个人成长的环境不同，以后踏上的人生之路也各不相同。初始的家庭环境可以给自己的人生提供一个初始值，拥有了杨眉的命运后，她的人生初始值已经提高了千百倍，她现在要做的就是在以后的道路上不断修正这个初始值，让它不断升高，朝着最有利自己的方向发展。

Part05
意想不到的发展

自从听到了杨志和韩娜的对话后，安璐虽然心里对他们不满，但表面上没有表露出丝毫。相反，她对韩娜更热络了几分，跟着她出入各种不同的高档聚会和PARTY，利用她结识了更多门当户对的青年俊杰。另一方面，她则慢慢冷落了林雳，也找借口推了几次和他的约会。

她就这样一边搪塞着男朋友，一边物色条件更优越的对象。只可惜，接触了不少富家子弟后，安璐觉得无论在气质、相貌还是谈吐上，还是林雳更胜一筹。但考虑到将来的生活，她感到相当矛盾。

日子转眼又过了三个多月，安璐渐渐淡忘了之前遇到安峰的事。这段时间里，她唯一担心的就是韩娜怀上孩子。幸好，目前看起来韩娜的肚子并没有任何动静。

这一天晚上，风平浪静，和往常没有什么不同的地方。杨志和他的新合作伙伴去夜总会应酬，可一直到天亮时分还没回家。他素来是个生活很有规律的人，就算是再重要的应酬，他也绝对会赶在子夜前回家。

韩娜和安璐打了无数个电话，杨志始终是关机。而打给他的新合作伙伴时，对方却说子夜前他们就分开了。这下子两人意识到了严重性，但是谁也没敢往最糟的地方去想。

就在她们犹豫着到底要不要报警的时候，韩娜的手机忽然响了起来，来电显示正是杨志的手机号码。她激动地摁下了对话键，从里面却传来了一个陌生又奇怪的声音："杨志现在在我们手里，想要他的命，就在两天里准备好三千万现金。至于什么时候给赎金，我到时再通知你们。要是你们敢报警，就别怪我们不客气！"

韩娜的手机滑落到地上，她的脸色苍白得吓人，嘴唇翕动着却发不出任何声音。

"娜姨，我们还是报警吧。"安璐刚才也听到了对方的那些话，虽然震惊无比，但还是很快镇定下来。如果这是杨眉本尊的话，恐怕就不可能这么冷静了吧。

“不行！”韩娜想也没想就一口否决，“你没听到吗？要是报警，他们就会对你爸爸不利。绝对不能报警。这些钱我们还拿得出来。”

“那我们赶紧准备赎金吧。”安璐皱了皱眉，“一下子要筹到这么多现金有些仓促，两天不知来不来得及。”

“管不了那么多了。小眉，这两天你就在家里守电话，对方要是打过来，你就问清赎金交付的地点、时间，什么要求都答应他们。我先去公司筹这笔现金。”韩娜吩咐完后就匆匆出了门。

“小姐，这可怎么办啊。”一旁的刘妈忧心忡忡地出了声。

安璐烦躁地摇了摇头：“还能怎么办，只能等那些绑匪的电话了。希望他们收到钱后能赶快放人。”

没过多久，只听门铃响了起来。刘妈忙去开了门，来访的人居然是林雳。刘妈一见他就像是见到了亲人，不假思索地脱口道：“林先生，你来了就好了。我们先生被绑架了，小姐她——”

“刘妈，你怎么这么多嘴！”安璐恼怒地打断了她的话。

“小眉，你赶紧告诉我是怎么回事，看看我能不能帮上忙。总好过你一个人在这里胡思乱想。”林雳焦急的声音满含关切。

安璐本也是六神无主，犹豫了一下，还是将这件事原原本本告诉了他。

“别担心，小眉，那些绑匪是冲着钱来的，不会对你爸怎么样。”林雳安慰着她，“再说，你后妈不是筹钱去了吗？”

“唉，但愿吧。”安璐叹了一口气。尽管她对杨志没什么感情，但一直以来这个挂名老爸对她还是挺不错的。

“不过你后妈倒也厉害，短短两天就能筹到三千万现金。看来你爸也很信任她。”林雳的这句话看似无意，却让安璐心里一沉。

“这次要是能顺利救出你爸，她的功劳最大。要是再给你生个弟弟的话，”他顿了顿，“虽然现在说这个不合适，不过小眉，这件事过后你还是要多长个心眼。”

安璐撇了撇嘴角，忍不住道：“我爸早就说过了，以后的财产都是给她儿子的。”

“怎么会这样？你爸不是很疼你吗？”林雳倒也没有很在意，“不过那是他老人家的选择，就算你一分钱没有，我也照样对你好。”

“未免也太偏心了点儿。”安璐小声地说了一句，心里又感到有点儿些许的暖意。

刘妈说得没错，林雳还真的是个好男人。

只是，这样将巨额财产拱手相让，她实在是不甘心。

两天后，韩娜果然顺利筹到了三千万现金，不过她也因此累倒了。当天晚上绑匪打来了电话，让她们第二天将赎金送到郊区的一家小工厂，并指明要她们两人中的一个亲自送去。

韩娜自告奋勇地要求去救自己的丈夫，安璐见她愿意去也乐得顺水推舟。没想到，她喝了碗燕窝粥后就开始肚子疼，急得刘妈赶紧打电话叫来了杨家的私人医生。王医生给韩娜作了检查后，告诉了大家一个好消息，原来她已经有了两个月的身孕。

韩娜简直不敢相信自己的耳朵，当即激动地流下了眼泪，哽咽道："这个孩子，我真的盼很久了。我还以为自己这辈子都不会有孩子了呢。"

这个意外的消息让安璐的情绪顿时降到了冰点，但她还是保持着笑容恭喜了对方。

"只是……太太现在有了身孕，那明天……"刘妈吞吞吐吐地说道。

韩娜神色微微一变，似是有些纠结。她既担心丈夫的安危，又生怕伤害到肚子里的宝宝，一时也犹豫起来。

安璐只好硬着头皮开口道："既然娜姨身子不方便，明天就我去吧。反正……他们也同意让我送。"

韩娜叹了口气："那就拜托你了，小眉，一定要把你爸爸平安带回来。你自己也要千万小心。"

安璐点了点头："放心吧，娜姨。那个人是我爸爸，我会小心的。"

回到房里，她看到装着三千万现金的两个箱子已经放在了床边。当打开箱子时，安璐的眼睛一亮，忍不住咽了口口水。说真的，她从来没见过这么多现金，脑海中第一个反应居然是——如果这些钱都属于自己就好了。

她连忙甩了甩头发，想赶走这个不切实际的念头。再怎么说，这些也是杨志的救命钱。如果明天出什么岔子的话，杨志可就凶多吉少了。想到这里，她的耳边忽然又响起了王医生刚才的话："恭喜你啊，杨太太，你已经有两个月身孕了。"

如果这是个男孩的话，那么杨志的财产自己不就根本没份儿了吗？几百万，还不如赎金来得高呢。除非……安璐脑中蓦地像是有什么念头闪过，倒先将她自己吓到了。假如赎金没能顺利送到，杨志出了意外的话，那么她作为直系亲属，毫无疑问能够继承至少一半遗产。也就是说，杨志的性命现在就掌握在她的手里。还有，她的将来，同样也掌握在自己的手中。

到底……该如何选择?

第二天晚上，安璐根据绑匪的指示，带着钱向郊区的小工厂出发了。一路上，她的心里还在进行着激烈的天人交战。

换来的命运只有一次，因为残酷所以珍贵。她不能就这样任由事态朝着不利于自己的方向发展。杨志是杨眉的父亲，却不是她安璐的。既然现在有了个扭转乾坤的好机会，她又怎能轻言放弃?

想到这里，她暗暗下了决心。接下来，就是如何制造一个无懈可击的借口来破坏送赎金了。要想不被任何人怀疑，只能铤而走险。

她冷静地又开了十来分钟，发现已经快接近郊区了。城郊交接的地方正好有片树林，平时根本就不会有人经过那里。她咬了咬嘴唇，开着车子就冲进了小树林，对准其中一棵树就撞了过去。安全气囊迅速弹出，顿时将她震晕了过去。

安璐再次恢复意识时，略带模糊的眼前晃动着的全是林雳充满焦虑和担心的眼神，他那张平日里俊秀干净的面庞此时竟长出了一层淡青色的胡楂。

"小眉！你总算醒过来了！知不知道，你都昏迷两天两夜了，真是吓死我了！"他紧紧地握住了她的手，无法掩饰的喜悦从他的眼中流露出来。

她心里有些感动，一开口才发现自己的声音听起来异常干涩："我……这是在哪里？"

"这里当然是医院。"林雳似乎稍稍松了口气，"那天你撞车后就被人送到了这里，幸好有安全气囊挡着，你只是有点儿的轻微脑震荡，并没什么大碍。你平时都很小心，怎么这次会这么不当心？"

"我……我可能是因为太心急想要救爸爸，所以……"她突然脸色一变，声音微微颤抖，"糟了！我没把赎金送到，那爸爸呢？爸爸现在怎么样了？"

林雳的脸色变得古怪起来，似乎想说什么，可又好像不知该如何开口。

"你告诉我，到底怎么了！"安璐猛地坐起了身，扯住了他的衣领，"是不是……是不是我爸爸他……"

林雳见再也无法隐瞒，只得点了点头："小眉，你要有心理准备。在你昏迷的这两天，警方已经找到了你爸爸的……尸体。"

安璐双目发直地瞪着他，像是要从他的眼中找到什么，最终还是颓然地松开了手，无力地瘫倒在床上，眼泪也随之涌了出来："都是我，都是我的错……是我害了爸爸……"

"小眉，这怎么能怪你呢？"林雳心痛地叹了口气，"唉，你先好好休息吧。等会儿刘妈会过来给你送些吃的，她现在正在家里照顾韩娜呢。"

安璐睁开泪眼望向他，抽泣道："娜姨她怎么了？"

"可能受刺激太大，她的精神状态现在也不是很好。医院这边已经给她请了专门的心理医生了。"林雳替她拉了拉毯子，站起身道，"我去给你倒杯热水来，你千万别胡思乱想了。"

听到病房门关上的声音，安璐也停止了哭泣，泪痕未干的脸上流露出一抹复杂的神色。没想到事情的进展比她想象的还要顺利，绑匪如她所愿将杨志撕票，韩娜还犯了病，而她的这次撞车似乎也没引起任何人的怀疑。

如今在这家里有资格能和她自己争遗产的，只有韩娜和她肚子里的孩子了。就算只分到一半家产，那起码也有上亿，足够她继续过奢侈的生活了。

想到这里，安璐的嘴角不由得往上扬起来。几乎同时，她也想到了另外一点：如果这是杨眉本尊的话，或许杨志就不会遇害了。那么她这样做，算不算已经偏离了杨眉的命运轨迹呢？正如少女所说的，在决定人的命运的因素里，有必然也有偶然，当两种因素相互作用时，命运也有可能被偶然因素改变。既有可能变得更好，也有可能变得更坏。

她深深相信，这样的改变，一定会比杨眉本身的命运还要好上百倍。

Part06
不重要的东西

办完了杨志的丧事后，安璐和韩娜还是继续住在那幢原来的别墅里。自从这件事后，韩娜一直对安璐耿耿于怀。但车祸的意外谁也不能预料，再加上安璐自己也受了伤，所以韩娜尽管对安璐有怨言，但也找不到适合的途径来发泄。两人虽同住一个屋檐下，但再不复以往的和谐气氛。

这天安璐从房间出来，正好见韩娜吞下一把药片，不禁开口劝了几句："娜姨，你肚子里还有孩子呢，吃药还是要小心点儿。"

韩娜这次倒没有对她冷嘲热讽，而是苦笑了一下："什么孩子，只不过是一场空欢喜而已。"

安璐听她说得古怪，不禁疑惑地问道："你说什么？孩子怎么了？"

"前两天王医生来给我作检查时，说是他诊断错了，我根本就没怀上孩子。"韩娜继续苦涩地可笑着，"我还以为自己的身体……没想到……"她说着说着话锋又一转，"小眉，或许你也不希望这个孩子出生吧。"

"我怎么会那么想，娜姨，你还是早点儿休息吧。我也该走了，林雳还等着我呢。"安璐心里一慌，忙找了个借口离开了。

其实听到韩娜没孩子不是应该高兴吗？这样和她抢家产的人就又少了一个。可不知为什么，安璐觉得整件事透着一种说不出的诡异。

王医生能成为他们家的私人医生，医学方面的能力是没得说的，怎么可能连有没有身孕都说错呢？正是因为信得过他的医术，所以韩娜都没去医院确诊是否怀孕。偏偏到了现在，王医生又来说是自己搞错了，这其中……似乎有点儿不对劲。

非常不对劲。

这段时间里，安璐和林霁的感情突飞猛进，很快就到了谈婚论嫁的地步。她越来越觉得自己的每一步都没有走错，到时只要拿到属于自己的一半财产，就能和自己喜欢的人过上幸福美满的生活了。每个人身上都藏着两个自己，她也不例外。一个是对着别人的自己，一个是对着自己的自己。对着别人的自己是无可挑剔的，至于那个对着自己的自己，虽然有时也会产生不安和愧疚，但是这种情绪很快就会被自我安慰缓解。

但生活总是充满着戏剧性。就在律师处理财产的期间，忽然不知从哪里冒出来一个女人，自称是杨志在外面的私生女。这件节外生枝的事情自然使遗产继承之事又不得不往后顺延了。

安璐对此更是头痛不已，本以为一切顺利，没想到现在又多了个麻烦。如果证实私生女身份的话，那杨志的财产岂不是又要分出去一部分了？

韩娜对此毫无反应，甚至没有听完律师的话，就起身自己吃药去了。那种药是医生专门给韩娜配的抗抑郁药。自从丈夫过世，孩子又成了泡影，韩娜整个人看起来像是老了二十岁，每天活得和行尸走肉差不多。

这样的人拿了一半财产也只是浪费而已。安璐望着对方的背影，脑中突然闪过了异样的念头——如果在公布财产继承前这个女人消失的话，那么……既然已经做过一次这样的事情，那么做第二次也未尝不可以。

安璐的眼中闪过一丝阴森的神色，暗暗握着了自己的拳头，像是作出了什么决定。

当天晚上，安璐偷偷将韩娜的抗抑郁药全部换成了普通药片，之后在家里时时用杨志的事情不冷不热地刺激她，几次故意挑起事端争吵，使她的情绪更加低落。安璐想要的只是在最短时间里加重她的抑郁症而已，因为这个病症而选择自杀的病人可不是少数，更何况是韩娜这样的重度患者。到时韩娜若是自杀了，别人轻易不会怀疑到安璐的头上。就算是作尸检，也根本没有任何证据。

就这样过了一个多月，在遗产还没处理完毕之前，韩娜终于受不了重度抑郁症的折磨，和安璐大吵了一架后就从楼顶跳了下来，当场死亡。

韩娜死后不久，那个私生女的鉴定报告也出来了，原来她并不是杨志的亲生孩子。

因为韩娜那边也没什么直系亲属，所以现在连她的那一半也落到了安璐手里。安璐终于在律师楼签了文件，正式成了亿万遗产的继承人。

她的人生中的初始值，在她的努力下已经不断积累增长。抛弃过去获得新的命运，或许风险很大，但得到的回报也是无法计算的。

半年后，安璐如愿和林霁领取了结婚证。不久，林霁就搬进了这幢别墅，两人的日子过得幸福美满。金钱，爱情，事业……如今的安璐可谓是春风得意，什么也不缺。

这天正好是安璐的生日，晚上林霁亲自下厨做了一顿美食，并送上了满怀心意的生日礼物。浪漫的小夜曲在房间里悠扬地回响着，暖暖的灯光让这一刻显得格外温馨。林霁亲吻了一下她的脸，出房间去拿烤好的蛋糕。

四周显得格外静谧。深蓝色的夜幕中高悬着弯月，银色的月光在地板上反射出略带诡异的光晕，窗外的树木在屋内投射出奇怪的影子，随着微风不断晃动着。

安璐品尝着杯中的红酒，心里是说不出的惬意。林霁将蛋糕拿进来时，对她笑了笑："对了，小眉，今晚我还特地请来了一位客人，你也一起见见好吗？"

安璐虽然感到有点儿突兀，但还是点了点头："好啊，不知道这位客人什么时候到？"

她的话音刚落，就见房间的门被推开了——因为逆着光，所以她看得不是很清楚，只觉得出现在门外的那个身影相当眼熟。

"小姐，这么快就不认得我了吗？"那个人如幽灵般闪到了房间里。

安璐本来还气恼这客人怎么如此没礼貌，此时一听这声音，再定睛一看，顿时面色微变："刘妈，怎么是你？"为了避免不必要的麻烦，韩娜过世后，安璐就将刘妈辞退了，没想到今晚的客人居然就是她。

"林霁，这是怎么回事？"安璐的脸上浮现出一丝薄怒。

林霁还在微笑着，只是那笑容透着一种令人不安的古怪。他望着刘妈，柔声道："你有什么想告诉她的，今天就说个清楚吧，妈。"

听到最后一个字，安璐的脑中被炸得轰一阵响，半天才缓过神来，结结巴巴道："林霁，你……你刚才叫她什么？"

"还是由我来将一切原原本本告诉你吧。"刘妈接过了话题，不慌不忙地说道，"我20多岁就来你家做工了。你妈身体一直不好，不瞒你说，那段日子我和杨志曾经也好过。当初他还答应我，如果你妈不在了就会娶我，谁知道最后还是娶了韩娜那个小妖精。林霁是我第一次婚姻生下的孩子，过去一直在老家让我父母抚养。"

她见安璐还是一脸的震惊，顿了顿又说了下去："我不甘心就这样失去一切，所以就以低姿态和眼泪换得杨志的同情，得以在你家继续做工。同时，我决定让我的儿子来追求你。我在儿子的培养上可是竭尽全力，所以你喜欢上他也在我的意料之中。本来是你们结了婚，那么我儿子也算是替我得到了一份该有的财产。可后来从你的话里，我探听出你有和他分手的念头。恰好是这个时候，杨志被人绑架了，我知道，机会来了。”

安璐将无法置信的目光投向林雳时，对方却转过脸，避免和她的眼神接触。

“记得有一次杨志提到财产要让儿子继承，这话不光你听到了，其实我也听到了。所以我们就安排了新的计划。当你听到后母有身孕的时候，一定会被愤怒和担心冲昏了头脑，做出不理智的事。而你后母也没法亲自再去交赎款，这件事自然就会交给你。其实我们真是想帮你一把。这次如果是你亲自去救了你父亲，那么他以后对你一定更加宠爱，分财产怎么也要多分点儿给你。不过你比我们想象的还要狠心，居然为了钱连父亲的命也不顾了。”

安璐的脸上顿时失去了血色，神情也变得激动起来，“你胡说！我这次撞车纯属意外！”她转念又一想，“难道王医生也是你们……”

“没错，王医生收了我们不少钱，不帮我们撒个谎就说不过去了。至于你的撞车是不是意外……”刘妈冷笑一声，“当时我是想让小雳和你一起去救杨志，让他也能得个好印象。小雳，你当时就跟在她身后，看得清清楚楚吧？”

林雳转过脸，用一种十分陌生的眼神看着安璐，缓缓点了点头：“既然你下得了这样的狠手，我们的计划不得不再一次改变。”

“我……我没有！”安璐的否认听起来是那么无力。

林雳扬了扬唇：“人的贪欲是无止境的，你既然连自己的亲生父亲都能下手，那么只要有个合适的契机，你同样也会除去韩娜。所谓的私生女就是我们想到的一招，这样既能给你一个契机，又能延缓遗产的继承。因为只有在遗产还属于你父亲的情况下，韩娜死亡，你才能继承全部遗产。”

安璐这时慢慢从巨变中冷静下来，强作镇定地扯了扯嘴角：“韩娜是自杀死的，关我什么事？”

林雳忽然嘲讽地笑了起来，伸手拿出遥控器，摁下了按钮，只见电视上出现了一组画面：一个年轻女人正在换瓶子里的药片，当这女人回过头时，安璐清楚地看到了那就是自己的脸！

一瞬间，她的心脏仿佛停止了挑动，周围的空气像是被迅速抽离，让她无法呼吸。

“这个就是最好的证据。”他低下了头，声音温柔地拂过她的耳边，“而且我已经拷贝了一盘送到了公安局，估计他们很快就到了。小眉，你费尽心机，想不到最后全部财产还是会归我所有吧。”

“不要！不是这样的，我的命运不是这样的！”她突然恐慌地叫喊起来，尖锐的声音似乎一下子刺破了夜空。刘妈和林雳的笑容渐渐变得模糊起来，眼前的一切让她觉得无比恐惧，她仿佛见到了自己破碎的梦想和脱轨的命运……不，这不是真的，这一定只是一场噩梦！

就在这时，所有的人和物好像都在一瞬间消失了。她茫然地睁大了眼睛，愕然见到那个叫做叶宴的少女正笑嘻嘻地站在她的面前。

“时间刚刚好。安璐，我来收取我想要的东西了。”叶宴俏皮地伸出了手。

安璐呆立了几秒，忽然像是抓到救命稻草般拉住了少女的衣袖，连声恳求道：“我能不能回到原来的命运？或者再交换一次命运，行不行？我愿意用一切来换！”

“命运可以重来，但机会只有一次。我想我之前已经说得很清楚了。”叶宴挑了挑眉，“走到这一步，都是你自己的选择。”

“不行了吗？”她颓然瘫倒在地上，喃喃道，“那你要拿走我的什么东西？”

“我要拿走的东西吗？”叶宴笑着晃了晃自己的链子，“就是你内心深处的贪欲。”

她霍然抬头，紧接着又猛地摇头：“你想拿什么就拿什么！只有你才能救我！我宁愿要回自己原来的命运！我愿意拿我的任何东西来交换！”

叶宴的笑容里隐隐带着几分冷漠：“已经太晚了。我之前可是告诉过你，不要轻易改变宿命的轨迹。既有可能变得更好，也有可能变得更坏，如果不是你内心的贪欲作祟，杨志就不会死，那么你的结局也不会如此。”

“是，是我的错。如果是杨眉，她一定会救自己的父亲……”安璐捂住了自己的脸，“可是我不甘心，真的不甘心……韩娜如果生下孩子的话，那么就算是原来的杨眉不也一样过不了好日子吗？我想要改变宿命轨迹，也是迫不得已的！”

“每个人有每个人的命运。韩娜的身体有病，她根本就很难怀孕，所以韩娜一辈子都没有孩子。最后这些财产还是归杨眉所有。是你自作聪明，现在也只有自作自受。”

“可是杨眉嫁给林雳这样的渣男，她的命运其实也是不幸福的吧？”安璐无法接受自己听到的这一切。

“你又错了。在他们结婚前夕，杨眉经由杨志介绍，认识了他一位朋友的儿子，双方一见钟情，所以她最后并没嫁给林雳。她还生了两个儿子，生活幸福美满，一直到九十五岁高龄才过世。这就是她的命运。原本，你也可以和她一样的。”叶宴看了看已经惊呆的她，“其实命运的改变从很微小的地方就开始了，还记得你撞到你弟弟的事吗？要不是他当时对你怀恨在心，也不会伙同其他人绑架杨志了。”

“不……”安璐刚说了一个字，胸口突然闪过一道红光，又迅速落入了叶宴的链子里。原来的那粒珊瑚已经归于原位，像是吸足了鲜血和精魅，红得格外邪恶。

“接下来，你只能继续去走完你的人生之路了，这就是你最后的宿命。不过放心，你不会被判处死刑，只会被判处无期徒刑。”叶宴托着下巴眨了眨眼，“对了，就当是这次交易的特别赠送，我再告诉你一件事，你的寿命和杨眉还是一样的。”

安璐忍不住苦笑：“那么你能不能告诉我，为什么，为什么我会看到另外一个自己？为什么我的弟弟认不出我，在他们眼里，我究竟是什么？”

叶宴抿了抿唇，忽闪着那双浅金色的眼睛：“对不起，我不能再回答你更多了。”

她的话音刚落，安璐周围的一切又恢复了原状，只是房间里多了几个拿着手铐的警察。

安璐认命般地叹了一口气，原来人生中的一切苦难，皆由心生。交换了命运，人生究竟是重新开始了，还是就此结束了？

此刻，在小巷深处的二手店里，叶宴低下头，看到自己链子上的珍珠发出了一阵奇特的亮光，不禁微微一笑。看来，第二位客人很快就要上门了。

你，抱怨过自己的命运吗？
你，羡慕过别人的命运吗？
你，曾想过要改变自己的宿命吗？

图书在版编目（CIP）数据

寻找血族之旅 / Vivibear 著 . — 长沙 : 湖南文艺出版社 , 2012.6
ISBN 978-7-5404-5532-3

Ⅰ . ①寻… Ⅱ . ① V… Ⅲ . ①游记—作品集—中国—当代 Ⅳ . ① I267.4

中国版本图书馆 CIP 数据核字（2012）第 071192 号

上架建议：文学 · 游记

寻找血族之旅

作　　者：Vivibear
出 版 人：刘清华
责任编辑：丁丽丹　刘诗哲
监　　制：蔡明菲　潘　良
选题策划：邢越超
文字编辑：张建霞
整体装帧：姚姚设计工作室
出版发行：湖南文艺出版社
（长沙市雨花区东二环一段 508 号　邮编：410014）
网　　址：www.hnwy.net
印　　刷：北京世纪雨田印刷有限公司
经　　销：新华书店
开　　本：700mm × 1000mm　1/16
字　　数：270 千字
印　　张：17
版　　次：2012 年 6 月第 1 版
印　　次：2012 年 6 月第 1 次印刷
书　　号：ISBN 978-7-5404-5532-3
定　　价：35.00 元
（若有质量问题，请致电质量监督电话：010-84409925）